El Hombre Invisible

H. G. Wells

El Hombre Invisible

Nueva traducción al español
traducido del inglés por Guillermo Tirelli

ROSETTA EDU

Título original: *The Invisible Man*

Primera publicación: 1897

Ilustración de tapa © 2023, Nazareno Rodríguez

Primera edición: Diciembre 2023

Publicado por Rosetta Edu
Londres, Diciembre 2023
www.rosettaedu.com

ISBN: 978-1-916939-45-5

CLÁSICOS EN ESPAÑOL

Rosetta Edu presenta en esta colección libros clásicos de la literatura universal en nuevas traducciones al español, con un lenguaje actual, comprensible y fiel al original.

Las ediciones consisten en textos íntegros y las traducciones prestan especial atención al vocabulario, dado que es el mismo contenido que ofrecemos en nuestras célebres ediciones bilingües utilizadas por estudiantes avanzados de lengua extranjera o de literatura moderna.

Acompañando la calidad del texto, los libros están impresos sobre papel de calidad, en formato de bolsillo o tapa dura, y con letra legible y de buen tamaño para dar un acceso más amplio a estas obras.

Rosetta Edu
Londres
www.rosettaedu.com

INDICE

CAPÍTULO I — LA LLEGADA DEL EXTRAÑO

El extraño llegó a principios de febrero, un día invernal, atravesando un viento cortante y una nieve torrencial, la última nevada del año, sobre la colina, caminando desde la estación de ferrocarril de Bramblehurst, y llevando un pequeño portamaletas negro en la mano enguantada. Iba abrigado de pies a cabeza, y el ala de su sombrero de fieltro suave ocultaba cada pulgada de su rostro excepto la brillante punta de su nariz; la nieve se había acumulado contra sus hombros y su pecho, y añadía una cresta blanca a la carga que llevaba. Entró tambaleándose en «El coche y los caballos», más muerto que vivo, y arrojó su portamaletas al suelo. «¡Un fuego», gritó, «en nombre de la caridad humana! ¡Una habitación y fuego!». Dio un pisotón y se sacudió la nieve de encima en el bar, y siguió a Mrs. Hall a su salón de invitados para cerrar el trato. Y con esa presentación, eso y un par de soberanos arrojados sobre la mesa, se instaló en la posada.

Mrs. Hall encendió el fuego y le dejó allí mientras iba a prepararle una comida con sus propias manos. Que un invitado se detuviera en Iping en invierno era una suerte inaudita, por no hablar de un invitado que no era «regateador», y ella estaba decidida a mostrarse digna de su buena fortuna. En cuanto el tocino estuvo en su punto, y Millie, su linfática doncella, se hubo animado un poco después de unas cuantas expresiones de desprecio hábilmente elegidas, llevó el mantel, los platos y las copas al salón y empezó a colocarlos con el mayor brillo. Aunque el fuego ardía enérgicamente, se sorprendió al ver que su visitante aún llevaba el sombrero y el abrigo, de pie, de espaldas a ella y mirando por la ventana la nieve que caía en el patio. Tenía las manos enguantadas entrelazadas detrás de él y parecía sumido en sus pensamientos. Ella se dio cuenta de que la nieve derretida que aún le salpicaba los hombros goteaba sobre su alfombra. «¿Puedo coger su sombrero y su abrigo, sir?», le dijo, «y secarlos bien en la cocina».

«No», dijo él sin volverse.

Ella no estaba segura de haberle oído bien y estuvo a punto de repetir su pregunta.

Él giró la cabeza y la miró por encima del hombro. «Prefiero dejármelos puestos», dijo con énfasis, y ella se dio cuenta de que llevaba unas grandes gafas azules con cristales de patillas y una piel sobre el cuello del abrigo que le ocultaba por completo las mejillas y la cara.

«Muy bien, sir», dijo ella. «Como quiera. En un rato la habitación estará más caliente».

Él no respondió y volvió a apartar la cara de ella, y Mrs. Hall, sintiendo que sus avances en la conversación eran inoportunos, colocó el resto de las cosas de la mesa en un rápido *staccato* y salió corriendo de la habitación. Cuando regresó, él seguía allí de pie, como un hombre de piedra, con la espalda encorvada, el cuello subido y el ala del sombrero chorreante vuelta hacia abajo, ocultando por completo su rostro y sus orejas. Ella dejó los huevos y el tocino con considerable ruido, y le interpeló, en lugar de decirle: «Su almuerzo está servido, sir».

«Gracias», dijo él al mismo tiempo, y no se movió hasta que ella estaba cerrando la puerta. Entonces dio media vuelta y se acercó a la mesa con cierta rapidez ansiosa.

Mientras se dirigía detrás de la barra hacia la cocina, oyó un sonido que se repetía a intervalos regulares. Chirk, chirk, chirk, era el sonido de una cuchara siendo rápidamente batida alrededor de una fuente. «¡Esa chica!», dijo. «¡Ya está! Lo olvidé completamente. ¡Siempre siendo tan lenta!». Y mientras ella misma terminaba de mezclar la mostaza, le dio a Millie unas cuantas puñaladas verbales por su excesiva lentitud. Ella había cocinado el jamón y los huevos, puesto la mesa y hecho todo, mientras que Millie (¡ayuda de verdad!) sólo había conseguido retrasar la mostaza. ¡Y él, un nuevo invitado y con ganas de quedarse! Entonces llenó el tarro de mostaza y, poniéndolo con cierta majestuosidad sobre una bandeja de té dorada y negra, lo llevó al salón.

Llamó y entró sin demora. Al hacerlo, su visitante se movió con rapidez, de modo que sólo pudo vislumbrar un objeto blanco que desaparecía detrás de la mesa. Parecía que estaba recogiendo algo del suelo. Golpeó con el bote de mostaza sobre la mesa, y entonces se dio cuenta de que él se había quitado el abrigo y el sombrero y los había puesto sobre una silla frente al fuego, y de que un par de botas mojadas amenazaban con oxidar su guardabarros de acero. Se dirigió a estas cosas con decisión. «Supongo que ahora puedo ponerlas a que se sequen», dijo con una voz que no admitía negación.

«Deje el sombrero», dijo su visitante, con voz apagada, y al volverse ella vio que había levantado la cabeza y estaba sentado mirándola.

Durante un momento se quedó boquiabierta mirándole, demasiado sorprendida para hablar.

Él sostenía un paño blanco —era una servilleta que había traído consigo— sobre la parte inferior de su rostro, de modo que su boca y sus mandíbulas quedaban completamente ocultas, y ésa era la razón de su voz apagada. Pero no fue eso lo que sobresaltó a Mrs. Hall. Fue el hecho de que toda su frente, por encima de sus gafas azules, estuviera cubierta por una venda blanca, y que otra le cubriera las orejas, sin dejar ni un ápice de su cara al descubierto, exceptuando únicamente su nariz rosada y puntiaguda. Estaba brillante, rosada y reluciente como al principio. Llevaba una chaqueta de terciopelo marrón oscuro con un cuello alto, negro y forrado de lino, vuelto hacia el cuello. El espeso pelo negro, escapando como podía por debajo y entre las vendas cruzadas, se proyectaba en curiosas colas y cuernos, dándole el aspecto más extraño que se pueda concebir. Esta cabeza amortiguada y vendada era tan distinta de lo que ella había previsto, que por un momento se quedó paralizada.

Él no retiró la servilleta, sino que permaneció sosteniéndola, como ella vio ahora, con una mano enguantada de color marrón, y mirándola con sus inescrutables gafas azules. «Deje el sombrero», dijo, hablando muy distintamente a través de la tela blanca.

Los nervios de ella empezaron a recuperarse de la conmoción que habían recibido. Volvió a colocar el sombrero en la silla junto al fuego. «No sabía, sir», empezó a decir, «que...» y se detuvo avergonzada.

«Gracias», dijo él secamente, mirando de ella a la puerta y luego a ella de nuevo.

«Haré que las sequen bien, sir, enseguida», dijo ella, y sacó su ropa de la habitación. Volvió a echarle un vistazo a su cabeza enfundada en blanco y a sus gafas azules cuando salía por la puerta; pero su servilleta seguía delante de su cara. Ella tembló un poco al cerrar la puerta tras de sí, y su rostro era elocuente de su sorpresa y perplejidad. «Yo nunca...», susurró. «¡Ya está!». Se dirigió suavemente a la cocina, y estaba demasiado preocupada para preguntarle a Millie en qué estaba metida ahora, cuando llegó allí.

El visitante se sentó y escuchó sus pies que se retiraban. Miró inquisitivamente hacia la ventana antes de quitarse la servilleta y reanudar su comida. Tomó un bocado, miró con desconfianza hacia la ventana, tomó otro bocado, luego se levantó y, cogiendo la servilleta en la mano, cruzó la habitación y bajó la persiana hasta la parte superior de la muselina blanca que oscurecía los cristales inferiores. Esto dejó la habitación en penumbra. Hecho esto, volvió con aire más tranquilo a la mesa y a su comida.

«El pobre ha tenido un accidente o una operación o algo así», dijo Mrs. Hall. «¡Qué susto me dieron esas vendas, sin duda!».

Puso un poco más de carbón, desplegó el tendedero y extendió sobre éste el abrigo de viajero. «¡Y esas gafas! Vaya, ¡parecía más un casco de adivino que un hombre humano!». Colgó su bufanda en una esquina del tendedero. «Y sosteniendo ese pañuelo sobre su boca todo el tiempo. ¡Hablando a través de él! ... Tal vez su boca también estaba lastimada... tal vez».

Se dio la vuelta, como quien recuerda de repente. «¡Bendita sea mi alma viva!», dijo, saliendo por la tangente; «¿aún no has hecho las patatas, Millie?».

Cuando Mrs. Hall fue a recoger la comida del desconocido, su idea de que su boca también debía de haberse cortado o desfigurado en el accidente que ella suponía que había sufrido, se confirmó, porque estaba fumando en pipa, y en todo el tiempo que ella estuvo en la habitación no se soltó en ningún momento la bufanda de seda que se había puesto alrededor de la parte inferior de la cara para llevarse la boquilla a los labios. Sin embargo, no era por olvido, pues ella vio que le echaba un vistazo mientras consumía el tabaco. Él se sentó en un rincón de espaldas a la persiana y hablaba ahora, después de haber comido y bebido y de haber entrado en calor, con una brevedad menos agresiva que antes. El reflejo del fuego prestaba a sus grandes gafas una especie de reflejo rojo de la que habían carecido hasta entonces.

«Tengo algo de equipaje», le dijo, «en la estación de Bramblehurst», y le preguntó cómo podía hacer que se lo enviaran. Él inclinó su cabeza vendada con bastante cortesía en reconocimiento a su explicación. «¿Mañana?», dijo. «¿No hay una forma más rápida?», y pareció bastante decepcionado cuando ella respondió: «No». ¿Estaba muy segura? ¿Ningún hombre con un carro que pudiera acercarse?

Mrs. Hall, nada reacia, respondió a sus preguntas y desarrolló una conversación. «Es un camino empinado por la bajada, sir», dijo en respuesta a la pregunta sobre el carro; y luego, abriéndose paso, dijo: «Fue allí donde se volcó un carruaje, hace un año y más. Murió un caballero, además de su cochero. Los accidentes, señor, ocurren en un momento, ¿verdad?».

Pero el visitante no se dejaba atraer tan fácilmente. «Lo hacen», dijo a través de su pañuelo, mirándola en silencio a través de sus impenetrables gafas.

«Pero tardan bastante en curarse, ¿no...? El hijo de mi hermana, Tom, se cortó el brazo con una guadaña, cayó sobre él en el campo de heno y, ¡bendito sea! estuvo tres meses vendado, sir. Apenas lo creería. Siempre me ha dado miedo la guadaña, señor».

«Lo comprendo perfectamente», dijo el visitante.

«Él tuvo miedo, una vez, de que tuvieran que hacerle una operación; estaba así de mal, sir».

El visitante rió bruscamente, una carcajada que parecía morder y matar en la boca. «¿Es así?», dijo.

«Así fue, sir. Y no era cosa de risa para los que tenían que hacer cosas por él, como yo, ya que mi hermana estaba muy ocupada con sus pequeños. Había vendas que poner, señor, y vendas que sacar. Así que si puedo atreverme a decirlo, sir...».

«¿Me trae unas cerillas?», dijo el visitante, bastante bruscamente. «Se me ha apagado la pipa».

Mrs. Hall se levantó de golpe. Fue ciertamente grosero por su parte, después de contarle todo lo que había hecho. Lo miró boquiabierta un momento y recordó los dos soberanos. Fue a por las cerillas.

«Gracias», dijo él concisamente, mientras ella las dejaba y, volviendo el hombro hacia ella, se quedó mirando de nuevo por la ventana. Era demasiado desalentador. Evidentemente estaba sensible con el tema de las operaciones y los vendajes. Sin embargo, después de todo, no se «atrevió a decirlo». Pero su forma de desairarla la había irritado, y Millie lo pasó muy mal aquella tarde.

El visitante permaneció en el salón hasta las cuatro, sin dar la más mínima excusa para una intrusión. Durante la mayor parte de ese tiempo permaneció bastante quieto; parece que se sentó en la creciente oscuridad a fumar a la luz del fuego, tal vez dormitando.

Una o dos veces un oyente curioso pudo oírle junto a las brasas, y durante cinco minutos se le oyó deambular por la habitación. Parecía hablar consigo mismo. Entonces el sillón crujió al sentarse de nuevo.

A las cuatro, cuando ya estaba bastante oscuro y Mrs. Hall se armaba de valor para entrar y preguntar a su visitante si quería tomar un té, Teddy Henfrey, el relojero, entró en el bar. «¡Caramba! Mrs. Hall», dijo, «¡pero hace un tiempo terrible para unas botas finas!». La nieve fuera caía cada vez más deprisa.

Mrs. Hall estuvo de acuerdo y entonces se dio cuenta de que él llevaba su bolso. «Ahora que está aquí, Mr. Teddy,» dijo ella, «me encantaría que le echara un vistazo al viejo reloj del salón. Está en marcha, y da bien las campanadas; pero la aguja de las horas no hace más que señalar las seis».

Y, abriendo camino, se dirigió a la puerta del salón, golpeó y entró.

Su visitante, vio ella al abrir la puerta, estaba sentado en el sillón ante el fuego, dormitando al parecer, con la cabeza vendada caída a un lado. La única luz de la habitación era el resplandor rojo del fuego —que iluminaba sus ojos como señales ferroviarias adversas, pero dejaba su rostro en la oscuridad— y los escasos vestigios del día que entraban por la puerta abierta. Todo le resultaba rojizo, sombrío e indistinto, tanto más cuanto que ella acababa de encender la lámpara del bar y tenía los ojos deslumbrados. Pero durante un segundo le pareció que el hombre al que miraba tenía una enorme boca abierta de par en par, una boca vasta e increíble que se tragaba toda la parte inferior de su rostro. Fue la sensación de un instante: la cabeza blanquecina, los monstruosos ojos con anteojos y aquel enorme bostezo debajo de ella. Entonces él se movió, se incorporó en su silla, levantó la mano. Ella abrió la puerta de par en par, de modo que la habitación estaba más iluminada, y le vio más claramente, con la bufanda sujeta a la cara igual que antes le había visto sujetar la servilleta. Las sombras, le pareció, la habían engañado.

«¿Le importaría, sir, que este hombre viniera a mirar el reloj?», dijo ella, recuperándose de la conmoción momentánea.

«¿Mirar el reloj?», dijo él, mirando a su alrededor de forma somnolienta, y hablando por encima de su mano, y luego dijo, despertándose más completamente, «desde luego».

Mrs. Hall se fue a buscar una lámpara, y él se levantó y se estiró. Entonces se hizo la luz, y Mr. Teddy Henfrey, al entrar, se encontró con esta persona vendada. Se quedó, dijo, «estupefacto».

«Buenas tardes», dijo el desconocido, mirándole —como dijo Mr. Henfrey, con un vívido sentido de las gafas oscuras, «como a una langosta»—.

«Espero», dijo Mr. Henfrey, «que no sea una intrusión».

«Ninguna en absoluto», dijo el extraño. «Aunque tengo entendido», dijo volviéndose hacia Mrs. Hall, «que esta habitación será realmente mía, para mi uso privado».

«Pensé, señor», dijo Mrs. Hall, «que preferiría que el reloj...».

«Desde luego», dijo el extraño, «desde luego; pero, por regla general, me gusta estar solo y no ser molestado».

«Pero me alegro mucho de que se ocupen del reloj», dijo, al ver cierta vacilación en los modales de Mr. Henfrey. «Me alegro mucho». Mr. Henfrey había tenido la intención de disculparse y retirarse, pero esta remarca le tranquilizó. El desconocido se volvió de espaldas a la chimenea y puso las manos a la espalda. «Y ahora», dijo, «cuando termine el arreglo del reloj, creo que me gustaría tomar un poco de té. Pero no hasta que termine el arreglo del reloj».

Mrs. Hall estaba a punto de abandonar la habitación —esta vez no hizo ningún avance para iniciar una conversación, porque no quería ser desairada delante de Mr. Henfrey— cuando su visitante le preguntó si había hecho algún arreglo sobre sus cajas en Bramblehurst. Ella le dijo que le había comentado el asunto al cartero y que el transportista podría traerlas al día siguiente. «¿Está segura de que eso es lo más pronto?», dijo él.

Estaba segura, con una marcada frialdad.

«Debo explicar», añadió él, «lo que antes, teniendo demasiado frío y estando fatigado, no pude: que soy un investigador experimental».

«Realmente, sir», dijo Mrs. Hall, muy impresionada.

«Y mi equipaje contiene aparatos y artefactos».

«Son cosas muy útiles, sir», dijo Mrs. Hall.

«Y, naturalmente, estoy ansioso por proseguir con mis investigaciones».

«Por supuesto, sir».

«Mi razón para venir a Iping», prosiguió, con cierta deliberación en los modales, «fue... el deseo de soledad. No deseo que me molesten en mi trabajo. Además de mi trabajo, un accidente...»

«Ya me lo imaginaba», se dijo Mrs. Hall.

«...hace que necesite cierto retiro. Mis ojos a veces son tan débiles y duelen tanto que tengo que encerrarme en la oscuridad durante horas. Encerrarme. A veces, de vez en cuando. No en este momento, ciertamente. En esos momentos la menor perturbación, la entrada de un extraño en la habitación, es para mí una fuente de insoportable molestia; es bueno que estas cosas sean comprendidas».

«Desde luego, sir», dijo Mrs. Hall. «Y si puedo atreverme a preguntar...».

«Eso, creo, es todo», dijo el extraño, con ese aire de finalidad tranquilamente irresistible que podía asumir a voluntad. Mrs. Hall reservó su pregunta y su simpatía para mejor ocasión.

Después de que Mrs. Hall hubiera abandonado la habitación, él permaneció de pie frente al fuego, mirando con fijeza, según Mr. Henfrey, la reparación del reloj. Mr. Henfrey no sólo quitó las manecillas del reloj y la esfera, sino que extrajo el mecanismo; e intentó trabajar de la forma más lenta, tranquila y discreta posible. Trabajaba con la lámpara cerca de él, y la pantalla verde arrojaba una luz brillante sobre sus manos, y sobre el armazón y las ruedas, y dejaba el resto de la habitación en penumbra. Cuando levantaba la vista, unas manchas de color nadaban en sus ojos. Como era de naturaleza curiosa, había retirado el mecanismo —un procedimiento bastante innecesario— con la idea de retrasar su partida y tal vez entablar conversación con el extraño. Pero el extraño permanecía allí, perfectamente silencioso y quieto. Tan quieto que puso nervioso a Henfrey. Se sintió solo en la habitación y levantó la vista, y allí, gris y tenue, estaba la cabeza vendada y las enormes lentes azules mirando fijamente, con una niebla de manchas verdes flotando delante de ellas. A Henfrey le resultó tan extraño que durante un minuto permanecieron con la mirada perdida mirándose el uno al otro. Entonces Henfrey volvió a mirar hacia abajo. Una posición muy incómoda. A uno le gustaría decir algo. ¿Debería comentar que el tiempo era muy frío para la época del año?

Levantó la vista como si fuera a apuntar con ese disparo introductorio. «El tiempo...», empezó.

«¿Por qué no termina y se va?», dijo la rígida figura, evidentemente en un estado de rabia dolorosamente reprimida. «Todo lo que tiene que hacer es fijar la aguja de las horas en su eje. Usted simplemente está dando vueltas...».

«Desde luego, sir... un minuto más. He pasado por alto...», y Mr. Henfrey terminó y se fue.

Pero se fue sintiéndose excesivamente molesto. «¡Maldita sea!», se dijo Mr. Henfrey, caminando por el pueblo a través de la nieve que se descongelaba; «un hombre debe reparar un reloj a veces, sin duda».

Y de nuevo, «¿No puede un hombre mirarle?... ¡Horrible!».

Y una vez más, «Parece que no. Si la policía le buscara no podría estar más abrigado y vendado».

En la esquina de Gleeson vio a Hall, que se había casado recientemente con la anfitriona del extraño en «El coche y los caballos», y que ahora conducía el transporte de Iping, cuando la gente lo requería, hasta Sidderbridge Junction, viniendo hacia él a su regreso de aquel lugar. Hall evidentemente había estado «parando un poco» en Sidderbridge, a juzgar por su forma de conducir. «¿Qué tal, Teddy?», dijo, al pasar.

«¡Tiene alguien raro en casa!», dijo Teddy.

Hall se detuvo muy sociablemente. «¿Qué es eso?», preguntó.

«Un cliente con pinta rara que para en "El coche y los caballos"», dijo Teddy. «¡Por Dios!».

Y procedió a dar a Hall una vívida descripción de su grotesco invitado. «Parece un poco un disfraz, ¿no? Me gustaría ver la cara de un hombre si parara en mi lugar», dijo Henfrey. «Pero las mujeres son así de confiadas... cuando se trata de extraños. Ha tomado sus habitaciones y ni siquiera ha dado un nombre, Hall».

«¡No me diga!», dijo Hall, que era un hombre de aprensión perezosa.

«Sí», dijo Teddy. «Por la semana. Sea lo que sea, no puede librarse de él en una semana. Y tiene mucho equipaje que llegará mañana, eso dice. Esperemos que no sean piedras en cajas, Hall».

Le contó a Hall cómo su tía de Hastings había sido estafada por un desconocido con unos portamaletas vacíos. En conjunto, dejó a Hall vagamente suspicaz. «Levántate, vieja yegua», se dijo Hall. «Supongo que debo ocuparme de esto».

Teddy siguió su camino con la mente considerablemente aliviada.

Sin embargo, en lugar de «ocuparse de ello», a su regreso Hall fue severamente reprendado por su esposa por el tiempo que había pasado en Sidderbridge, y sus suaves preguntas fueron contestadas con brusquedad y sin ir al grano. Pero la semilla de la sospecha que Teddy había sembrado germinó en la mente de Mr. Hall a pesar de estos desalientos. «Ustedes las mujeres siempre lo saben todo», dijo Mr. Hall, resuelto a averiguar más sobre la personalidad de su huésped a la menor oportunidad posible. Y después de que el extraño se hubiera ido a la cama, cosa que hizo sobre las nueve y media, Mr. Hall entró muy agresivamente en el salón y miró con detenimiento los muebles de su esposa, sólo para demostrar que el desconocido no era allí el amo, y escrutó de cerca y un poco despectivamente una hoja de cálculos matemáticos que el desconocido había dejado. Al retirarse por la noche, dio instrucciones a Mrs. Hall para que mirara muy de cerca el equipaje del extraño cuando llegara al día siguiente.

«Tú ocúpate de tus asuntos, Hall», dijo Mrs. Hall, «y yo me ocuparé de los míos».

Se sentía tanto más inclinada a reaccionar contra Hall cuanto que el desconocido era, sin duda, un tipo de extraño inusualmente diferente, y ella no estaba en absoluto segura de él en su propia mente. En mitad de la noche se despertó soñando con enormes cabezas blancas como nabos, que venían arrastrándose tras ella, al final de cuellos interminables, y con enormes ojos negros. Pero como era una mujer sensata, dominó sus terrores, se dio la vuelta y volvió a dormirse.

CAPÍTULO III — LAS MIL Y UN BOTELLAS

Así fue como el 29 de febrero, al comienzo del deshielo, esta singular persona cayó del infinito en el pueblo de Iping. Al día siguiente llegó su equipaje a través del aguanieve, y era un equipaje muy notable. Había un par de baúles, en efecto, como los que podría necesitar un hombre racional, pero además había una caja de libros —libros grandes y gordos, algunos de los cuales estaban simplemente escritos con una letra incomprensible— y una docena o más de cajones, cajas y estuches, que contenían objetos empaquetados en paja, según le pareció a Hall, que tiraba con una curiosidad casual de la paja... botellas de vidrio. El extraño, embozado en sombrero, abrigo, guantes y envoltorio, salió impaciente al encuentro del carro de Fearenside, mientras Hall mantenía unas palabras de cotilleo preparatorias para ayudar a traerlos. Salió, sin fijarse en el perro de Fearenside, que olisqueaba con espíritu diletante las piernas de Hall. «Vengan con esas cajas», les dijo. «Ya he esperado bastante».

Y bajó los escalones hacia la cola del carro como para poner las manos sobre la caja más pequeña.

Sin embargo, en cuanto el perro de Fearenside lo vio, empezó a erizarse y a gruñir salvajemente, y cuando bajó corriendo los escalones dio un salto indeciso y luego se lanzó directamente a su mano. «¡Oh!», gritó Hall, saltando hacia atrás, pues no era ningún héroe con los perros, y Fearenside aulló: «¡Abajo!», y pegó un latigazo.

Vieron que los dientes del perro habían resbalado de la mano, oyeron una patada, vieron al perro ejecutar un salto de costado y detenerse sobre la pierna del extraño, y oyeron el desgarro de su atuendo. Entonces el extremo más fino del látigo de Fearenside le alcanzó, y el perro, aullando de dolor, retrocedió bajo las ruedas del vagón. Todo el asunto pasó en un rápido medio minuto. Nadie habló, todos gritaron. El extraño se miró rápidamente el guante roto y la pierna, hizo ademán de agacharse ante esta última, luego se dio la vuelta y subió rápidamente los escalones de la posada. Le oyeron ir de cabeza por el pasadizo y subir las escaleras sin alfombrar hasta su dormitorio.

«¡Bruto, que es!», dijo Fearenside, bajando del vagón con el látigo en la mano, mientras el perro lo miraba a través de la rueda. «Ven aquí», dijo Fearenside, «más te vale».

Hall se había quedado boquiabierto. «Le han mordido», dijo Hall. «Será mejor que vaya a verlo», y trotó tras el extraño. Se encontró con

Mrs. Hall en el pasillo. «El perro del transportista», dijo «lo mordió».

Subió directamente, y como la puerta del desconocido estaba entreabierta, la empujó y entró sin ninguna ceremonia, pues tenía una personalidad naturalmente amigable.

La persiana estaba baja y la habitación en penumbra. Vislumbró una cosa de lo más singular, lo que parecía un brazo sin manos que se agitaba hacia él, y una cara de tres enormes manchas indeterminadas sobre blanco, muy parecida a la cara de una flor de pensamiento pálida. Entonces fue golpeado violentamente en el pecho, lanzado hacia atrás, y la puerta se le cerró en las narices de un portazo. Fue tan rápido que no le dio tiempo a observar. Una agitación de formas indescifrables, un golpe y una conmoción. Allí se quedó, en el pequeño y oscuro rellano, preguntándose qué podría ser lo que había visto.

Un par de minutos después, se reunió con el pequeño grupo que se había formado fuera de «El coche y los caballos». Allí estaba Fearenside contándolo todo por segunda vez; allí estaba Mrs. Hall diciendo que su perro no tenía por qué morder a sus invitados; allí estaba Huxter, el comerciante de ramos generales de más allá de la carretera, interrogativo; y Sandy Wadgers, de la herrería, juzgando; además de mujeres y niños, todos ellos diciendo fatuidades: «Yo no dejaría que me mordiera, lo sé», «No es bueno tener perros», «¿Por qué lo mordió entonces?», y así sucesivamente.

A Mr. Hall, que los contemplaba desde los escalones y escuchaba, le parecía increíble que hubiera visto pasar algo tan extraordinario en el piso de arriba. Además, su vocabulario era demasiado limitado para expresar sus impresiones.

«Dice que no quiere ayuda», dijo en respuesta a la pregunta de su esposa. «Será mejor que vayamos recogiendo su equipaje».

«Deberían cauterizarlo de inmediato», dijo Mr. Huxter; «sobre todo si está inflamado».

«Le dispararía, eso es lo que haría», dijo una señora del grupo.

De repente, el perro empezó a gruñir de nuevo.

«Vamos», gritó una voz airada en el umbral de la puerta, y allí estaba el extraño embozado, con el cuello subido y el ala del sombrero inclinada hacia abajo. «Cuanto antes metan esas cosas, más me sentiré complacido». Un transeúnte anónimo afirma que se había cambiado los pantalones y los guantes.

«¿Se ha hecho daño, sir?», dijo Fearenside. «Siento mucho que el perro...».

«Ni un poco», dijo el extraño. «Nunca perforó la piel. Dése prisa con esas cosas».

Entonces se maldijo a sí mismo, así lo afirma Mr. Hall.

En cuanto la primera caja fue, siguiendo sus indicaciones, llevada al salón, el extraño se arrojó sobre ella con extraordinaria impaciencia y comenzó a desembalarla, esparciendo la paja con total desprecio por la alfombra de Mrs. Hall. Y de ella empezó a sacar botellas: pequeñas botellas gordas que contenían polvos, botellas pequeñas y delgadas que contenían fluidos coloreados y blancos, botellas azules estriadas con la etiqueta «Veneno», botellas de cuerpo redondo y cuello delgado, grandes botellas de vidrio verde, grandes botellas de vidrio blanco, botellas con tapones de cristal y etiquetas esmeriladas, botellas con corchos finos, botellas con tapones, botellas con tapones de madera, botellas de vino, botellas de aceite para ensaladas... colocándolas en hileras sobre el chiffonnier, en la repisa de la chimenea, en la mesa bajo la ventana, alrededor del suelo, en la estantería... en todas partes. La farmacia de Bramblehurst no podía presumir de tener ni la mitad. Era todo un espectáculo. Cajón tras cajón iban saliendo botellas, hasta que los seis estaban vacíos y la mesa llena de paja; las únicas cosas que salían de esos cajones, además de las botellas, eran varios tubos de ensayo y una balanza cuidadosamente embalada.

Y nada más desembalar las cajas, el extraño se dirigió a la ventana y se puso manos a la obra, sin preocuparse lo más mínimo por la paja amontonada, el fuego que se había apagado, la caja de libros que había fuera, ni por los baúles y demás equipaje que habían subido.

Cuando Mrs. Hall le llevó la cena, él estaba ya tan absorto en su trabajo, vertiendo pequeñas gotas de las botellas en probetas, que no la oyó hasta que ella hubo barrido la mayor parte de la paja y colocado la bandeja sobre la mesa, con un poco de énfasis quizá, viendo el estado en que se encontraba el suelo. Entonces él giró a medias la cabeza e inmediatamente la volvió a apartar. Pero ella vio que él se había quitado las gafas; estaban a su lado, sobre la mesa, y le pareció que las cuencas de sus ojos estaban extraordinariamente huecas. Él volvió a ponerse las gafas, y luego se volvió y la miró de frente. Ella estaba a punto de quejarse de la paja del suelo cuando él se le anticipó.

«Ojalá no entrara sin llamar», dijo en el tono de anormal exasperación, que parecía tan característico en él.

«Llamé a la puerta, pero al parecer...».

«Puede que sí. Pero en mis investigaciones —mis investigaciones realmente muy urgentes y necesarias— la más mínima perturbación, el golpe de una puerta... debo pedirle...».

«Ciertamente, sir. Puede cerrar con llave si le apetece. Cuando quiera».

«Una muy buena idea», dijo el extraño.

«Esta paja, señor, si me permite el atrevimiento de comentarlo...».

«No lo haga. Si la paja da problemas anótalo en la cuenta». Y le masculló palabras sospechosamente parecidas a maldiciones.

Era tan extraño, allí de pie, tan agresivo y explosivo, con la botella en una mano y la probeta en la otra, que Mrs. Hall se alarmó bastante. Pero era una mujer decidida. «En cuyo caso, me gustaría saber, sir, qué considera usted...».

«Un chelín... ponga un chelín. Seguro que un chelín es suficiente».

«Que así sea», dijo Mrs. Hall, cogiendo el mantel y empezando a extenderlo sobre la mesa. «Si está satisfecho, por supuesto...».

Se dio la vuelta y se sentó, con el cuello del abrigo hacia ella.

Toda la tarde trabajó con la puerta cerrada y, como atestigua Mrs. Hall, la mayor parte del tiempo en silencio. Pero una vez se oyó una conmoción y un ruido de botellas que repicaban entre sí, como si hubieran golpeado la mesa, y el estruendo de una botella arrojada violentamente al suelo, y luego un rápido caminar por la habitación. Temiendo que «pasara algo», se acercó a la puerta y escuchó, sin molestarle llamar.

«No puedo seguir», deliraba. «No puedo seguir. ¡Trescientos mil, cuatrocientos mil! ¡Una inmensa cantidad! ¡Engañado! ¡Toda la vida puede llevarme! ... ¡Paciencia! ¡Paciencia de verdad! ... ¡Tonto! ¡Tonto!».

Se oyó un ruido de botas en los ladrillos del bar y Mrs. Hall tuvo que abandonar de muy mala gana el resto de su soliloquio. Cuando regresó, la habitación estaba de nuevo en silencio, salvo por el débil crepitar de su silla y el tintineo ocasional de una botella. Todo había terminado; el desconocido había reanudado su trabajo.

Cuando tomó su té, vio un cristal roto en la esquina de la habitación, bajo el espejo cóncavo, y una mancha dorada que había sido limpiada descuidadamente. Ella llamó la atención sobre ello.

«Anótelo en la cuenta», espetó su visitante. «Por el amor de Dios, no me traiga preocupaciones. Si hay algún daño, apúntelo en la cuenta», y siguió marcando una lista en el cuaderno que tenía ante sí.

«Le diré algo», dijo Fearenside, misteriosamente. Era la última hora de la tarde y estaban en la pequeña cervecería de Iping Hanger.

«¿Y bien?», dijo Teddy Henfrey.

«Este tipo del que habla, al que mordió mi perro. Bueno... es negro. Al menos, sus piernas lo son. Vi a través del desgarro de sus pantalones y el desgarro de su guante. Habría esperado que se viera una especie de rosa, ¿no? Pues no había nada así. Sólo negrura. Le digo que él es tan negro como mi sombrero».

«¡Por Dios!», dijo Henfrey. «Es un caso totalmente raro. ¡Pues, su nariz es tan rosa como la pintura!».

«Es cierto», dijo Fearenside. «Ya lo sé. Y le digo lo que pienso. Ese hombre es un moteado, Teddy. Negro aquí y blanco allá —en parches—. Y se avergüenza de ello. Es una especie de mestizo, y el color le ha salido a parches en vez de mezclarse. He oído hablar de esas cosas antes. Y es lo común en los caballos, como cualquiera puede ver».

CAPÍTULO IV — MR. CUSS ENTREVISTA AL EXTRAÑO

He relatado las circunstancias de la llegada del extraño a Iping con cierta profusión de detalles, para que el lector pueda comprender la curiosa impresión que causó. Pero, exceptuando dos extraños incidentes, las circunstancias de su estancia hasta el extraordinario día de la fiesta del club pueden pasarse por alto muy superficialmente. Hubo varias escaramuzas con Mrs. Hall sobre cuestiones de disciplina doméstica, pero en todos los casos hasta finales de abril, cuando empezaron los primeros signos de penuria, él se sobrepuso a ella mediante el fácil expediente de un pago extra. A Hall no le caía bien, y siempre que se atrevía hablaba de la conveniencia de deshacerse de él; pero mostraba su aversión sobre todo ocultándola ostentosamente y evitando a su visitante en la medida de lo posible. «Espera al verano», decía sabiamente Mrs. Hall, «cuando empiecen a venir los artesanos. Entonces ya veremos. Puede que sea un poco prepotente, pero facturas saldadas puntualmente son facturas saldadas puntualmente, digan lo que digan».

El extraño no iba a la iglesia y, de hecho, no hacía ninguna diferencia entre el domingo y los días irreligiosos, ni siquiera en su forma de vestir. Trabajaba, según pensaba Mrs. Hall, muy irregularmente. Algunos días bajaba temprano y estaba continuamente ocupado. Otros, se levantaba tarde, paseaba por su habitación inquietándose audiblemente durante horas enteras, fumaba y dormía en el sillón junto al fuego. Comunicación con el mundo más allá del pueblo no tenía ninguna. Su temperamento seguía siendo muy incierto; la mayor parte del tiempo sus modales eran los de un hombre que sufre bajo una provocación casi insoportable, y una o dos veces las cosas se rompían, se desgarraban, se aplastaban o se rompían en espasmódicas ráfagas de violencia. Parecía estar bajo una irritación crónica de la mayor intensidad. Su hábito de hablar consigo mismo en voz baja crecía constantemente en él, pero aunque Mrs. Hall escuchaba concienzudamente no podía entender nada de lo que oía.

Él, rara vez salía al exterior a la luz del día, pero al atardecer salía embozado, de forma invisible, hiciera frío o no, y elegía los caminos más solitarios y los más sombreados por árboles y riberas. Sus gafas y su espantoso rostro vendado bajo el ala de su sombrero, se mostraron con desagradable brusquedad en la oscuridad sobre uno o dos jornaleros que volvían a casa, y Teddy Henfrey, saliendo una noche de «El abrigo escarlata», a las nueve y media, se asustó vergonzosamente por la cabeza de calavera del extraño (caminaba con el sombrero en la mano) iluminada por la súbita luz de la puerta abierta de la posada. Los niños que lo veían al anochecer soñaban con el cuco, y parecía dudoso si le caían peor los niños a él, o él a ellos; pero ciertamente había una aversión lo bastante viva por ambas partes.

Era inevitable que una persona de aspecto y porte tan notables fuera tema frecuente en un pueblo como Iping. Las opiniones estaban muy divididas sobre su ocupación. Mrs. Hall era sensible al respecto. Cuando se le preguntaba, explicaba con sumo cuidado que era un «investigador experimental», repasando con cautela las sílabas como quien teme caer en un pozo. Cuando le preguntaban qué era un investigador experimental, decía con un toque de superioridad que la mayoría de la gente educada sabía cosas como ésa, y explicaba así que él «descubría cosas». Su visitante había tenido un accidente, dijo, que le había decolorado temporalmente la cara y las manos, y como era de temperamento sensible, tenía aversión a cualquier aviso público del hecho.

Fuera de sus oídos se extendió la opinión de que era un criminal que intentaba escapar de la justicia envolviéndose para ocultarse por completo a los ojos de la policía. Esta idea surgió del cerebro de Mr. Teddy Henfrey. No se tenía constancia de ningún crimen de magnitud que datara de mediados o finales de febrero. Elaborada en la imaginación de Mr. Gould, el ayudante en prácticas de la Escuela Nacional, esta teoría tomó la forma de que el desconocido era un anarquista disfrazado que preparaba explosivos, y resolvió emprender las operaciones detectivescas que su tiempo le permitiera. Éstas consistieron, en su mayor parte, en mirar muy fijamente al desconocido cada vez que se encontraban, o en hacer preguntas capciosas sobre él a personas que nunca lo habían visto. Pero no detectó nada.

Otra escuela de opinión siguió a Mr. Fearenside, y aceptó el punto de vista del moteado o alguna modificación del mismo; como, por ejemplo, Silas Durgan, a quien se oyó afirmar que «si decidiera mostrarse en las ferias, haría fortuna en poco tiempo», y siendo un poco teólogo, comparó al forastero con el hombre del único talento. Otra opinión explicaba todo el asunto considerando al extraño como un lunático inofensivo. Eso tenía la ventaja de explicarlo todo de inmediato.

Entre estos grupos principales había vacilantes y transigentes. La gente de Sussex tiene pocas supersticiones, y sólo después de los sucesos de principios de abril se susurró por primera vez en el pueblo la idea de lo sobrenatural. Incluso entonces sólo se acreditó entre los pobladores femeninos.

Pero pensaran lo que pensaran de él, la gente de Iping, en general, coincidía en detestarlo. Su irritabilidad, aunque podría haber sido comprensible para un intelectual urbano, era algo asombroso para estos tranquilos aldeanos de Sussex. Las frenéticas gesticulaciones con las que le sorprendían de vez en cuando, el paso rápido al caer la noche que le llevaba por esquinas tranquilas, el apaleamiento inhumano de todos los tímidos avances de la curiosidad, el gusto por la penumbra que llevaba a cerrar puertas, bajar persianas, extinguir velas y lámparas: ¿quién podía estar de acuerdo con tales tejemanejes? Se apartaban a su paso por el pueblo y, cuando había pasado, los jóvenes humoristas se levantaban los cuellos de los abrigos y se bajaban las alas de los sombreros y caminaban nerviosos tras él imitando su porte oculto. Había una canción popular en aquella época llamada «El cuco». Miss Statchell la cantaba en el concierto de la escuela (a beneficio, para comprar las lámparas de la iglesia) y, a partir de entonces, cada vez que uno o dos de los aldeanos estaban reunidos y aparecía el extraño, se silbaba en medio de ellos un compás más o menos agudo o llano de esta melodía. También los niños pequeños retrasados gritaban «¡El cuco!» tras él, y se alejaban temblorosamente eufóricos.

Cuss, el médico de cabecera, estaba devorado por la curiosidad. Las vendas despertaron su interés profesional, el informe de las mil y un botellas despertó su celosa mirada. Durante todo abril y mayo codició la oportunidad de hablar con el extraño, y por fin, hacia Pentecostés, no pudo soportarlo más y recurrió a la lista de donantes para conseguir una enfermera para el pueblo como excusa. Se sorprendió al comprobar que Mr. Hall no conocía el nombre de su invitado. «Dio un nombre», dijo Mrs. Hall —una afirmación bastante infundada— «pero no lo oí bien». A ella le pareció una tontería no saber el nombre del hombre.

Cuss llamó a la puerta del salón y entró. Se oyó una imprecación bastante audible desde dentro. «Perdone mi intrusión», dijo Cuss, y entonces la puerta se cerró y apartó a Mrs. Hall del resto de la conversación.

Pudo oír el murmullo de voces durante los diez minutos siguientes, luego un grito de sorpresa, un revuelo de pies, una silla apartada, un ladrido de risa, pasos rápidos hacia la puerta, y apareció Cuss, con la cara blanca, los ojos fijos por encima del hombro. Dejó la puerta abierta tras de sí, y sin mirarla cruzó el vestíbulo y bajó los escalones, y ella oyó sus pies dándose prisa por el camino. Llevaba el sombrero en la mano. Ella se quedó de pie detrás de la puerta, mirando la puerta abierta del salón. Entonces oyó que el extraño reía en voz baja, y luego sus pasos cruzaron la habitación. No pudo verle la cara desde donde estaba. La puerta del salón se cerró de golpe y el lugar volvió a quedar en silencio.

Cuss fue directamente al pueblo a ver a Bunting, el vicario. «¿Estoy loco?», dijo Cuss bruscamente, al entrar en el pequeño y destartalado estudio. «¿Parezco un demente?».

«¿Qué ha pasado?», dijo el vicario, poniendo la amonita sobre las hojas sueltas de su próximo sermón.

«Ese tipo de la posada...».

«¿Y bien?».

«Déme algo de beber», dijo Cuss, y se sentó.

Cuando sus nervios se hubieron calmado con una copa de jerez barato —la única bebida que el buen vicario tenía disponible— le contó la entrevista que acababa de tener. «Entró», jadeó, «y empecé a pedir una colaboración para ese Fondo de Enfermería. Se había metido las manos en los bolsillos cuando entré, y se sentó desgarbadamente en su silla. Resopló. Le dije que había oído que se interesaba por las cosas científicas. Me dijo que sí. Volvió a resoplar. Siguió resoplando todo el tiempo; evidentemente, hacía poco que había cogido un resfriado infernal. No me extraña, ¡envuelto así! Expliqué el proyecto de tener una enfermera, y todo el tiempo mantuve los ojos abiertos. Botellas de productos químicos por todas partes. Balanza, tubos de ensayo en soportes, y un olor a onagra. ¿Colaboraría? Dijo que lo consideraría. Le pregunté, a bocajarro, si estaba investigando. Dijo que sí. ¿Una larga investigación? Se enfadó bastante. "Una investigación condenadamente larga", dijo, destapando la olla, por así decirlo. "Oh", dije yo. Y se quejó. El hombre estaba en plena ebullición y mi pregunta le hizo hervir aún más. Le habían dado una receta, una receta muy valiosa; no quiso decir para qué. ¿Era algo médico? "¡Maldito sea! ¿Qué busca usted?". Me disculpé. Bufó y tosió dignamente. Reanudó. Él la había leído. Cinco ingredientes. La dejó en el suelo; giró la cabeza. La corriente de aire de la ventana levantó el papel. Corriente, crujido. Estaba trabajando en una habitación con una chimenea abierta, dijo. Vio un parpadeo, y allí estaba la receta ardiendo y volando por la chimenea. Se lanzó hacia ella justo cuando subía por la chimenea. ¡Entonces! Justo en ese momento, para ilustrar su historia, salió su brazo».

«¿Y bien?».

«Ninguna mano, sólo una manga vacía. ¡Señor! pensé, ¡eso es una deformidad! Tiene un brazo de corcho, supongo, y se lo ha quitado. Entonces, pensé, hay algo raro en eso. ¿Qué demonios mantiene esa manga levantada y abierta, si no hay nada en ella? No había nada en ella, se lo aseguro. Nada en ella, justo hasta la articulación. Podía ver justo hasta el codo, y había un destello de luz brillando a través de un desgarrón de la tela. "¡Santo Dios!", dije. Entonces se detuvo. Me miró fijamente con esas gafas negras suyas, y luego a su manga».

«¿Y bien?».

«Eso es todo. No dijo ni una palabra; sólo miró fijamente y volvió a meterse la manga en el bolsillo rápidamente. "Estaba diciendo", dijo él, "que la receta estaba ardiendo, ¿no?". Tos interrogativa. "¿Cómo diablos", dije yo, "puede mover una manga vacía así?". "¿Manga vacía?". "Sí", dije yo, "una manga vacía".

«"Es una manga vacía, ¿verdad? ¿Vio que era una manga vacía?". Se levantó enseguida. Yo también me levanté. Vino hacia mí en tres pasos muy lentos, y se paró bastante cerca. Resopló venenosamente. No me inmuté, aunque que me cuelguen si esa perilla vendada que es él, y esas anteojeras, no son suficientes para inquietar a cualquiera, acercándose sigilosamente a uno.

«"¿Dijo que era una manga vacía?", dijo. "Ciertamente", dije. Al mirar fijamente y no decir nada, un hombre con la cara descubierta, sin gafas, empezó a rascarse. Entonces, muy silenciosamente, volvió a sacar la manga del bolsillo y levantó el brazo hacia mí como si quisiera mostrármela de nuevo. Lo hizo muy, muy despacio. Lo miré. Pareció una eternidad. "¿Y bien?", dije, aclarándome la garganta, "no tiene nada"».

«Tenía que decir algo. Empezaba a sentir miedo. Podía ver hacia dentro. La extendió directamente hacia mí, despacio, despacio —así— hasta que el puño estuvo a seis pulgadas de mi cara. ¡Qué extraño ver una manga vacía acercarse a uno de esa manera! Y entonces...».

«¿Y bien?».

«Algo —que sentí exactamente como un dedo y un pulgar— me picó en la nariz».

Bunting se echó a reír.

«¡No había nada ahí!», dijo Cuss, su voz se alzó en un chillido al decir «ahí». «Está muy bien que se ría, pero le digo que me sobresalté tanto que le di un fuerte golpe en el puño, me di la vuelta y salí de la habitación... le dejé...».

Cuss se detuvo. No cabía duda de la sinceridad de su pánico. Se dio la vuelta impotente y tomó una segunda copa del excelente jerez del vicario, de muy inferior calidad. «Cuando le golpeé el puño», dijo Cuss, «le digo que me sentí exactamente como si le hubiera golpeado un brazo. ¡Y no había ningún brazo! ¡No había ni el fantasma de un brazo!»

Mr. Bunting lo pensó. Miró con suspicacia a Cuss. «Es una historia muy notable», dijo. Parecía realmente muy sabio y grave. «Es realmente», dijo Mr. Bunting con énfasis judicial, «una historia de lo más notable».

CAPÍTULO V — EL ROBO EN LA VICARÍA

Los hechos del robo en la vicaría nos llegaron principalmente a través del vicario y su esposa. Ocurrió en la madrugada del lunes de Pentecostés, día dedicado en Iping a las fiestas del Club. Mrs. Bunting, al parecer, se despertó de repente en la quietud que precede al amanecer, con la fuerte impresión de que la puerta de su dormitorio se había abierto y cerrado. Al principio no despertó a su marido, sino que se sentó en la cama a escuchar. Entonces oyó claramente el pad, pad, pad de unos pies descalzos que salían del vestidor contiguo y caminaban por el pasillo hacia la escalera. En cuanto se sintió segura de ello, despertó al Reverendo Mr. Bunting lo más silenciosamente posible. Él no encendió la luz, pero poniéndose sus gafas, su bata y sus zapatillas de baño, salió al rellano para escuchar. Oyó con toda claridad un tanteo en su mesa de estudio, escaleras abajo, y luego un violento estornudo.

En ese momento regresó a su dormitorio, se armó con el arma más obvia, el atizador, y descendió la escalera lo más silenciosamente posible. Mrs. Bunting salió al rellano.

Eran cerca de las cuatro y ya había pasado la oscuridad máxima de la noche. Había un débil resplandor de luz en el vestíbulo, pero la puerta del estudio se abría impenetrablemente negra. Todo estaba quieto excepto el débil crujido de las escaleras bajo la pisada de Mr. Bunting, y los leves movimientos en el estudio. Entonces algo chasqueó, se abrió el cajón y se oyó un crujido de papeles. Luego se oyó una imprecación, se encendió una cerilla y el estudio se inundó de luz amarilla. Mr. Bunting estaba ahora en el vestíbulo, y a través de la rendija de la puerta pudo ver el escritorio y el cajón abierto y una vela encendida sobre el escritorio. Pero al ladrón no podía verlo. Se quedó allí, en el vestíbulo, indeciso sobre qué hacer, y Mrs. Bunting, con el rostro blanco y conmocionado, se arrastró lentamente escaleras abajo tras él. Una cosa mantuvo el valor de Mr. Bunting: la persuasión de que aquel ladrón residía en el pueblo.

Oyeron el tintineo del dinero y se dieron cuenta de que el ladrón había encontrado la reserva de oro del mantenimiento: dos libras con diez en medios soberanos en total. Al oír ese sonido, Mr. Bunting se puso nervioso y quiso actuar bruscamente. Agarrando firmemente el atizador, entró corriendo en la habitación, seguido de cerca por Mrs. Bunting. «¡Ríndase!», gritó Mr. Bunting, ferozmente, y luego se agachó sorprendido. Al parecer, la habitación estaba perfectamente vacía.

Sin embargo, su convicción de que, en ese mismo instante, habían oído a alguien moverse en la habitación había llegado a ser una certeza. Durante medio minuto, tal vez, se quedaron boquiabiertos, luego Mrs. Bunting cruzó la habitación y miró detrás del biombo, mientras Mr. Bunting, por un impulso afín, echaba un vistazo bajo el escritorio. Luego Mrs. Bunting echó hacia atrás las cortinas de la ventana, y Mr. Bunting miró hacia la chimenea y la sondeó con el atizador. Luego Mrs. Bunting escrutó la papelera y Mr. Bunting abrió la tapa de la carbonera. Luego se detuvieron y se quedaron con los ojos interrogándose mutuamente.

«Podría haber jurado...», dijo Mr. Bunting.

«¡La vela!», dijo Mr. Bunting. «¿Quién encendió la vela?».

«¡El cajón!», dijo Mrs. Bunting. «¡Y el dinero no está!».

Se dirigió apresuradamente hacia la puerta.

«De todos los sucesos extraños...».

Se oyó un violento estornudo en el pasillo. Salieron corriendo y, al hacerlo, la puerta de la cocina se cerró de golpe. «Trae la vela», dijo Mr. Bunting, y abrió el camino. Ambos oyeron un ruido de cerrojos que se echaban apresuradamente hacia atrás.

Al abrir la puerta de la cocina vio a través del fregadero que la puerta trasera acababa de abrirse, y la tenue luz del amanecer mostraba las oscuras masas del jardín más allá. Está seguro de que no salió nada por la puerta. Se abrió, permaneció abierta un momento y luego se cerró de golpe. Al hacerlo, la vela que Mrs. Bunting traía del estudio parpadeó y se encendió. Pasó un minuto o más antes de que entraran en la cocina.

El lugar estaba vacío. Volvieron a cerrar la puerta trasera, examinaron a fondo la cocina, la despensa y el fregadero y, por último, bajaron al sótano. No se encontraba un alma en la casa, por mucho que buscaran.

La luz del día encontró al vicario y a su esposa, una parejita pintorescamente vestida, todavía deambulando por su propia planta baja a la luz innecesaria de una vela que se extinguía.

Sucedió que en las primeras horas del lunes de Pentecostés, antes de que buscaran a Millie por el día, Mr. Hall y Mrs. Hall se levantaron y bajaron sin hacer ruido a la bodega. Su asunto allí era de naturaleza privada, y tenía algo que ver con la gravedad específica de su cerveza. Apenas habían entrado en la bodega cuando Mrs. Hall se dio cuenta de que había olvidado bajar una botella de zarzaparrilla de su habitación común. Como ella era la experta y principal operadora en este asunto, Hall subió a buscarla muy apropiadamente.

En el rellano se sorprendió al ver que la puerta del extraño estaba entreabierta. Entró en su propia habitación y encontró la botella tal y como le habían indicado.

Pero al volver con la botella, se dio cuenta de que los cerrojos de la puerta principal habían sido echados hacia atrás, que la puerta estaba de hecho simplemente atascada con el pestillo. Y con un destello de inspiración relacionó esto con la habitación del desconocido en el piso de arriba y las sugerencias de Mr. Teddy Henfrey. Recordaba claramente haber sostenido la vela mientras Mrs. Hall cerraba esos cerrojos durante la noche. Al verla se detuvo, boquiabierto, y luego, con la botella aún en la mano, volvió a subir. Llamó a la puerta del extraño. No hubo respuesta. Golpeó de nuevo; luego empujó la puerta de par en par y entró.

Estaba tal y como él esperaba. La cama —la habitación también— estaba vacía. Y lo que era más extraño, incluso para su pesada inteligencia, sobre la silla del dormitorio y a lo largo de la barandilla de la cama estaban esparcidas las prendas, las únicas prendas por lo que él sabía, y las vendas de su huésped. Incluso su gran sombrero desgarbado estaba ladeado alegremente sobre el poste de la cama.

Mientras Hall estaba allí de pie, oyó la voz de su esposa que salía de la profundidad del sótano, con ese rápido altavoz en las sílabas y esa interrogativa elevación de las palabras finales hacia una nota alta, con las que el aldeano de West Sussex suele indicar una enérgica impaciencia. «¡George! ¿Tienes una varita mágica?».

En ese momento se dio la vuelta y bajó corriendo hacia ella. «Janny», dijo, por encima de la barandilla de los escalones del sótano, «era verdad lo que dijo Henfrey. No está en su cuarto, no está. Y la puerta principal no está cerrada con llave».

Al principio Mrs. Hall no lo entendió, y en cuanto lo hizo resolvió ver la habitación vacía por sí misma. Hall, aún con la botella en la mano, fue primero. «Si no está aquí», dijo, «está cerca. ¿Y qué hace entonces fuera si está cerca? Es un asunto muy curioso».

Según se comprobó después, cuando subían los escalones del sótano, a ambos les pareció oír que la puerta principal se abría y se cerraba, pero al verla cerrada y sin nada allí, ninguno de los dos dijo una palabra al otro al respecto en ese momento. Mrs. Hall se cruzó con su marido en el pasillo y corrió primero escaleras arriba. Alguien estornudó en la escalera. Hall, que la seguía seis pasos por detrás, creyó oírla estornudar. Ella, que iba la primera, tenía la impresión de que Hall estaba estornudando. Abrió la puerta de golpe y se quedó mirando la habitación. «¡Qué curioso!», dijo.

Oyó un resoplido cerca, detrás de su cabeza, al parecer, y, al volverse, se sorprendió al ver a Hall a una docena de pies, en el escalón más alto. Pero enseguida él estaba a su lado. Ella se inclinó hacia delante y puso la mano sobre la almohada y luego bajo la ropa.

«Frío», dijo. «Lleva levantado esta hora o más».

Mientras lo hacía, ocurrió algo de lo más extraordinario. Las sábanas se juntaron, saltaron de repente formando una especie de pico y luego saltaron de cabeza por encima de la barandilla inferior. Fue exactamente como si una mano las hubiera agarrado por el centro y las hubiera arrojado a un lado. Inmediatamente después, el sombrero del desconocido saltó del poste de la cama, describió un vuelo arremolinado en el aire a través de la mayor parte de un círculo, y luego se precipitó directamente hacia la cara de Mrs. Hall. Luego, con la misma rapidez, llegó la esponja del lavabo; y entonces la silla, arrojando descuidadamente a un lado el abrigo y los pantalones del desconocido, y riéndose con una voz singularmente parecida a la del extraño, giró con sus cuatro patas hacia Mrs. Hall, pareció apuntarle por un momento y cargó contra ella. Ella gritó y se dio la vuelta, y entonces las patas de la silla chocaron suave pero firmemente contra su espalda y la impulsaron a ella y a Hall fuera de la habitación. La puerta dio un violento portazo y se cerró con llave. La silla y la cama parecieron ejecutar una danza de triunfo por un momento, y luego, bruscamente, todo quedó inmóvil.

Mrs. Hall quedó casi desmayada en brazos de Mr. Hall en el rellano. Con gran dificultad, Mr. Hall y Millie, que se había despertado por los gritos de alarma, consiguieron bajarla y aplicarle los reconstituyentes habituales en estos casos.

«Estos espíritus», dijo Mrs. Hall. «Conozco estos espíritus. He leído en los periódicos sobre ellos. Mesas y sillas saltando y bailando...».

«Toma una gota más, Janny», dijo Hall. «Hasta que te calme».

«Enciérrenlo», dijo Mrs. Hall. «Que no vuelva a entrar. Casi lo adiviné, podría haberlo sabido. Con esos ojos saltones y la cabeza vendada, y sin ir a la iglesia ni un domingo. Y todas esas botellas... más de lo que está bien que nadie tenga. Ha metido los espíritus en los muebles... ¡Mis buenos y viejos muebles! En esa misma silla solía sentarse mi pobre y querida madre cuando yo era pequeña. ¡Y pensar que ahora se levantaría contra mí!».

«Sólo una gota más, Janny», dijo Hall. «Tienes los nervios alterados».

Enviaron a Millie al otro lado de la calle bajo el dorado sol de las cinco para despertar a Mr. Sandy Wadgers, el herrero. Los cumplidos de Mr. Hall y los muebles del piso de arriba se estaban comportando de forma extraordinaria. ¿Vendría Mr. Wadgers? Era alguien que sabía, Mr. Wadgers, y muy ingenioso. Adoptó una postura muy seria ante el caso. «Que me cuelguen si esto no es brujería», era la opinión de Mr. Sandy Wadgers. «No se le recomiendan herraduras a un gentilhombre como él».

Volvió en sí muy preocupado. Querían que él les guiara escaleras arriba hasta la habitación, pero él no parecía tener ninguna prisa. Prefería hablar en el pasadizo. Por el camino salió el aprendiz de Huxter y empezó a sacar los postigos de la vidriera del tabaco. Le llamaron para que se uniera a la discusión. Naturalmente, Mr. Huxter le siguió en el transcurso de unos minutos. El genio anglosajón para el gobierno parlamentario se impuso; se habló mucho y no se actuó con decisión. «Establezcamos primero los hechos», insistió Mr. Sandy Wadgers. «Asegurémonos de que actuaríamos correctamente al abrir de golpe esa puerta. Una puerta reventada siempre está abierta a ser reventada, pero no se puede reventar una puerta una vez que ha sido reventada».

Y de repente, y de la forma más maravillosa, la puerta de la habitación de arriba se abrió por sí sola y, mientras miraban hacia arriba asombrados, vieron descender por las escaleras la figura enfundada del extraña con la mirada más negra y perdida que nunca, con aquellos ojos azules de cristal irrazonablemente grandes que tenía. Bajó rígido y despacio, sin dejar de mirar; atravesó el pasillo con la mirada fija y luego se detuvo.

«¡Miren ahí!», les dijo, y sus ojos siguieron la dirección de su dedo enguantado y vieron una botella de zarzaparrilla junto a la puerta del sótano. Luego entró en el salón y, de repente, con rapidez, con saña, les cerró la puerta en las narices.

No se dirigieron la palabra hasta que se apagaron los últimos ecos del portazo. Se miraron fijamente. «¡Vaya, si eso no lo dice todo...!», dijo Mr. Wadgers, y dejó la alternativa sin decir.

«Yo entraría y preguntaría por ello», dijo Wadgers a Mr. Hall. «Le pediría una explicación».

Tomó algún tiempo llevar al marido de la casera hasta ese tono. Por fin dio un golpe, abrió la puerta y llegó hasta decir: «Disculpe...».

«¡Váyase al diablo!», dijo el extraño con voz tremenda, y «cierre esa puerta al irse». Así terminó aquella breve entrevista.

El extraño entró en el saloncito de «El coche y los caballos» hacia las cinco y media de la mañana, y allí permaneció hasta cerca del mediodía, con las persianas bajas, la puerta cerrada y sin que nadie, tras el rechazo hecho a Hall, se aventurara a acercarse a él.

Durante todo ese tiempo debió de ayunar. Tres veces hizo sonar su timbre, la tercera furiosa y continuamente, pero nadie le contestó. «¡Él y su "váyase al diablo", en efecto!», dijo Mrs. Hall. Pronto llegó el rumor imperfecto del robo en la vicaría, y se sumaron dos más dos. Hall, ayudado por Wadgers, fue a buscar a Mr. Shuckleforth, el magistrado, y a pedirle consejo. Nadie se aventuró a subir. Se desconoce en qué se ocupó el extraño. De vez en cuando daba violentas zancadas arriba y abajo, y en dos ocasiones se produjo un estallido de maldiciones, un desgarro de papeles y un violento destrozo de botellas.

El grupito de gente asustada pero curiosa aumentó. Mrs. Huxter se acercó; algunos alegres jóvenes resplandecientes con chaquetas negras ya hechas y corbatas de papel piqué —porque era lunes de Pentecostés— se unieron al grupo con confusos interrogatorios. El joven Archie Harker se distinguió subiendo al patio e intentando espiar por debajo de las persianas de la ventana. No pudo ver nada, pero dio motivos para suponer que sí, y otros jóvenes de Iping se le unieron enseguida.

Era el mejor de todos los lunes de Pentecostés posibles, y por la calle del pueblo había una hilera de casi una docena de casetas, una galería de tiro, y en la hierba junto a la fragua había tres carromatos amarillos y chocolate y algunos pintorescos forasteros de ambos sexos montando un tinglado de cacahuetes. Los caballeros llevaban jerseys azules, las damas delantales blancos y sombreros bastante a la moda con pesados penachos. Wodger, de «El ciervo púrpura», y Mr. Jaggers, el zapatero, que también vendía viejas bicicletas de segunda mano, tendían una ristra de Union Jacks y enseñas reales (que originalmente habían celebrado el primer jubileo victoriano) al otro lado de la carretera.

Y dentro, en la oscuridad artificial del salón, en el que sólo penetraba un fino chorro de luz solar, el extraño, hambriento debemos suponer, y temeroso, escondido en sus incómodos envoltorios calientes, ojeaba a través de sus gafas oscuras su papel o chasqueaba sus sucias botellitas, y de vez en cuando maldecía salvajemente a los muchachos, audibles aunque invisibles, que estaban fuera de las ventanas. En el rincón junto a la chimenea yacían los fragmentos de media docena de botellas rotas, y un penetrante aroma de cloro contaminaba el aire. Esto es lo que sabemos por lo que se oyó en aquel momento y por lo que se vio posteriormente en la habitación.

Hacia el mediodía abrió de repente la puerta de su salón y se quedó mirando fijamente a las tres o cuatro personas que estaban en el bar. «Mrs. Hall», dijo. Alguien se acercó tímidamente y llamó a Mrs. Hall.

Mrs. Hall apareció tras un intervalo, un poco corta de aliento, pero tanto más feroz por ello. Hall seguía fuera. Ella había deliberado sobre esta escena, y vino sosteniendo una pequeña bandeja con una factura sin pagar encima de ella. «¿Es su factura lo que quiere, sir?», dijo ella.

«¿Por qué no me han preparado el desayuno? ¿Por qué no me ha preparado la comida y contestado al timbre? ¿Cree que vivo sin comer?».

«¿Por qué no paga mi factura?», dijo Mrs. Hall. «Eso es lo que quiero saber».

«Le dije hace tres días que estaba esperando una remesa...».

«Le dije hace dos días que no iba a esperar ninguna remesa. No puede refunfuñar si su desayuno espera un poco, si mi cuenta ha estado esperando estos cinco días, ¿verdad?».

El desconocido juró breve pero vivamente.

«¡Na, na!», desde el bar.

«Y le agradecería amablemente, sir, que se guardara sus juramentos para usted, sir», dijo Mrs. Hall.

El extraño se quedó de pie con más aspecto que nunca de casco de buzo enfadado. La opinión generalizada en el bar era que Mrs. Hall había sacado lo mejor de él. Sus siguientes palabras así lo demostraron.

«Mire, mi buena mujer...», empezó a decir él.

«No me venga con "buena mujer"», dijo Mrs. Hall.

«Le he dicho que mi remesa no ha llegado».

«¡Toda una remesa!», dijo Mrs. Hall.

«Aún así, me atrevo a decir que en mi bolsillo...».

«Me dijo hace tres días que no llevaba encima más que un soberano de plata».

«Bueno, he encontrado algo más...».

«¡Oh, oh!», se oyó desde el bar.

«Me pregunto dónde lo habrá encontrado», dijo Mrs. Hall.

Eso pareció molestar mucho al extraño. Dio un pisotón. «¿Qué quiere decir?», dijo.

«Que me pregunto dónde lo ha encontrado», dijo Mrs. Hall. «Y antes de que acepte pago de facturas o desayunos, o haga cualquier otra cosa por el estilo, usted tiene que contarme una o dos cosas que no entiendo, y lo que nadie entiende, y lo que todo el mundo está muy ansioso por entender. Quiero saber qué ha estado haciendo en mi silla de arriba, y quiero saber cómo es que su habitación estaba vacía, y cómo ha vuelto a entrar. Los que paran en esta casa entran por las puertas, ésa es la regla de la casa, y eso usted no lo hizo, y lo que quiero saber es cómo entró. Y quiero saber...».

De repente, el extraño levantó las manos enguantadas apretadas, dio un pisotón y dijo: «¡Pare!», con una violencia tan extraordinaria que la hizo callar al instante.

«No entiende», dijo, «quién soy o qué soy. Se lo demostraré. ¡Por todos los cielos! Se lo mostraré». Entonces se puso la palma abierta sobre la cara y retiró la venda. El centro de su cara se convirtió en una cavidad negra. «Mire», dijo. Dio un paso adelante y entregó a Mrs. Hall algo que ella, mirando fijamente su rostro metamorfoseado, aceptó automáticamente. Luego, cuando vio lo que era, gritó con fuerza, lo dejó caer y retrocedió tambaleándose. La nariz —¡era la nariz del desconocido! rosada y brillante— rodó por el suelo.

Luego él se quitó las gafas y todos en el bar jadearon. Se quitó el sombrero y con un gesto violento se rasgó los bigotes y las vendas. Por un momento resistieron. Un destello de horrible expectación recorrió el bar. «¡Oh, Dios mío!», dijo alguien. Luego pudo sacarlos.

Era peor que nada. Mrs. Hall, boquiabierta y horrorizada, chilló ante lo que veía y se dirigió a la puerta de la casa. Todos empezaron a moverse. Estaban preparados para cicatrices, desfiguraciones, horrores tangibles, ¡pero... la nada! Las vendas y el pelo postizo salieron volando por el pasadizo hacia el bar, haciendo que un patán saltara para evitarlos. Todos cayeron sobre los demás por los escalones. El hombre que estaba allí gritando alguna explicación incoherente, era una figura sólida que gesticulaba hasta el cuello de su abrigo, y después... ¡la nada, nada visible en absoluto!

La gente del pueblo oyó gritos y chillidos, y al mirar hacia la calle vieron a «El coche y los caballos» disparando violentamente su humanidad. Vieron a Mrs. Hall caer al suelo y a Mr. Teddy Henfrey saltar para evitar caer sobre ella, y luego oyeron los espantosos gritos de Millie, que, al salir de repente de la cocina por el ruido del tumulto, se había topado por detrás con el extraño sin cabeza. Éstos aumentaron de repente.

De inmediato, todo el mundo en la calle, el vendedor de dulces, el tímido propietario del puesto de coco y su ayudante, el hombre del columpio, niños y niñas, dandis rústicos, mozas elegantes, ancianos con delantal y gitanos con delantal empezaron a correr hacia la posada y, en un espacio de tiempo milagrosamente corto, una multitud de unas cuarenta personas, que aumentaba rápidamente, se balanceaba y ululaba y preguntaba y exclamaba y sugería, frente al establecimiento de Mrs. Hall. Todo el mundo parecía ansioso por hablar a la vez, y el resultado fue una torre de babel. Un pequeño grupo socorró a Mrs. Hall, que fue recogida en un estado de colapso. Hubo una discusión, y la increíble evidencia de un vociferante testigo ocular. «¡Oh, el cuco!». «¿Qué ha estado haciendo, entonces?». «¿No ha herido a la chica, verdad?». «Creo que la atacó con un cuchillo». «Sin cabeza, le digo. No me refiero a ninguna manera de hablar. Quiero decir un hombre sin cabeza!». «¡No tiene sentido! Es algún truco de prestidigitación». «Se sacó su envoltorio, así lo hizo...».

En su lucha por ver hacia dentro a través de la puerta abierta, la multitud se formó en una cuña desordenada, con el vértice más aventurero más cerca de la posada. «Se detuvo un momento, oí gritar a la muchacha y se volvió. Vi cómo se le agitaban las faldas y fue tras ella. No tardó ni diez segundos. Volvió con un cuchillo en su mano y una hogaza; se quedó como si estuviera mirando. Hace unos instantes. Entró por esa puerta. Le digo que no tiene cabeza. Usted acaba de perderlo...».

Se oyó un alboroto detrás y el orador se detuvo para apartarse ante una pequeña comitiva que marchaba muy decidida hacia la casa; primero Mr. Hall, muy rojo y decidido, luego Mr. Bobby Jaffers, el alguacil del pueblo, y después el cauteloso Mr. Wadgers. Habían llegado armados con una orden judicial.

La gente gritaba informaciones contradictorias sobre las recientes circunstancias. «Cabeza o no cabeza», dijo Jaffers, «tengo que arrestarlo, y arrestarlo haré».

Mr. Hall subió los escalones, se dirigió directamente a la puerta del salón y la abrió de un tirón. «Alguacil», dijo, «cumpla con su deber».

Jaffers desfiló. Hall a continuación, Wadgers en último lugar. Vieron en la penumbra la figura sin cabeza que tenían delante, con un mendrugo de pan roído en una mano enguantada y un trozo de queso en la otra.

«¡Es él!», dijo Hall.

«¿Qué demonios es esto?», llegó en un tono de airada desaprobación desde encima del cuello de la figura.

«Es usted un maldito cliente, señor», dijo Mr. Jaffers. «Pero con cabeza o sin cabeza, la orden dice "cuerpo", y el deber es el deber...».

«¡Apártese!», dijo la figura, retrocediendo.

Bruscamente bajó el pan y el queso, y Mr. Hall sólo agarró el cuchillo de la mesa a tiempo para salvarlo. El guante izquierdo del desconocido se desprendió y recibió una bofetada en la cara de Jaffers. Inmediatamente, Jaffers, cortando en seco alguna declaración relativa a una orden judicial, le había agarrado por la muñeca sin mano y le había cogido la garganta invisible. Recibió una sonora patada en la espinilla que le hizo gritar, pero mantuvo el agarre. Hall envió el cuchillo deslizándose por la mesa hasta Wadgers, que actuó como portero de la ofensiva, por así decirlo, y luego se adelantó mientras Jaffers y el desconocido se balanceaban y tambaleaban hacia él, agarrándose y golpeándose. Una silla se interpuso en el camino y se hizo a un lado con estrépito cuando cayeron juntos.

«Coge los pies», dijo Jaffers entre dientes.

Mr. Hall, que intentaba actuar siguiendo las instrucciones, recibió una sonora patada en las costillas que lo dejó fuera de combate por un momento, y Mr. Wadgers, al ver que el extraño decapitado había rodado y se había llevado por delante a Jaffers, retrocedió hacia la puerta, cuchillo en mano, y así chocó con Mr. Huxter y el carretero de Sidderbridge que acudían al rescate de la ley y el orden. En el mismo momento cayeron tres o cuatro botellas del chiffonnier y dispararon una red de acritud al aire de la habitación.

«Me rindo», gritó el desconocido, aunque tenía a Jaffers abatido, y en un momento se levantó jadeante, una figura extraña, sin cabeza y sin manos, pues ahora se había quitado el guante derecho tanto como el izquierdo. «No sirve de nada», dijo, como si sollozara en busca de aliento.

Era la cosa más extraña del mundo oír aquella voz que salía como de un espacio vacío, pero los campesinos de Sussex son quizá la gente más práctica bajo el sol. Jaffers se levantó también y sacó un par de esposas. Luego se quedó mirando.

«¡Diablos!», dijo Jaffers, interrumpido por una tenue comprensión de la incongruencia de todo el asunto, «¡Maldita sea! No puedo usarlas por lo que veo».

El desconocido se pasó el brazo por el chaleco y, como por milagro, se desabrocharon los botones a los que apuntaba su manga vacía. Luego dijo algo sobre su espinilla y se agachó. Parecía estar hurgando en sus zapatos y calcetines.

«¡Vaya!», dijo Huxter, de repente, «eso no es un hombre en absoluto. Es sólo ropa vacía. ¡Miren! Se le ve el cuello y los forros de la ropa. Podría poner mi brazo…».

Extendió la mano; pareció encontrarse con algo en el aire, y la retiró con una aguda exclamación. «Desearía que mantuviera sus dedos fuera de mi ojo», dijo la voz aérea, en un tono de salvaje desaprobación. «El hecho es que estoy todo aquí: cabeza, manos, piernas y todo lo demás, pero resulta que soy invisible. Es una confusa molestia, pero así es. No es razón para que me hagan pedazos todos los estúpidos de Iping, ¿verdad?».

El traje, ahora todo desabrochado y colgando flojamente sobre sus soportes invisibles, se levantó, con los brazos en alto.

Varios de los hombres del pueblo habían entrado ahora en la habitación, de modo que estaba estrechamente abarrotada. «Invisible, ¿eh?», dijo Huxter, ignorando los improperios del desconocido. «¿Quién había oído algo así?».

«Es extraño, quizás, pero no es un delito. ¿Por qué me agrede un policía de esta manera?»

«¡Ah! eso es harina de otro costal», dijo Jaffers. «Sin duda usted es un poco difícil de ver con esta luz, pero tengo una orden y todo es correcto. Lo que busco no es invisibilidad, sino robo. Han entrado en una casa y se han llevado dinero».

«¿Y bien?».

«Y las circunstancias ciertamente apuntan...».

«¡Tonterías!», dijo el Hombre Invisible.

«Eso espero, sir; pero tengo mis instrucciones».

«Bien», dijo el extraño, «iré. Iré. Pero sin esposas».

«Es lo normal», dijo Jaffers.

«Sin esposas», estipuló el extraño.

«Perdóneme», dijo Jaffers.

Bruscamente, la figura se sentó y, antes de que nadie pudiera darse cuenta de lo que estaba haciendo, se había quitado las zapatillas, los calcetines y los pantalones por debajo de la mesa. Luego se levantó de nuevo de un salto y se quitó el abrigo.

«Toma, para eso», dijo Jaffers, dándose cuenta de repente de lo que ocurría. Agarró el chaleco; éste forcejeó, y la camisa se deslizó fuera de él y quedó lacia y vacía en su mano. «¡Sujétenle!», dijo Jaffers, en voz alta. «Una vez que se quite las cosas...».

«¡Sujétenle!», gritó todo el mundo, y hubo una carrera hacia la camisa blanca que ondeaba y que era ahora todo lo que se veía del extraño.

El manguito de la camisa plantó un golpe seco en la cara de Hall que detuvo su avance con los brazos abiertos, y lo envió de espaldas contra el viejo Toothsome, el sacristán, y al instante la prenda se levantó y se convulsionó y se agitó vacía sobre los brazos, como una camisa que se está colocando sobre la cabeza de un hombre. Jaffers se aferró a ella y sólo ayudó a arrancársela; recibió un golpe en la boca que le vino del aire, y perdiendo el control golpeó salvajemente a Teddy Henfrey en la coronilla.

«¡Cuidado!», dijeron todos, esgrimiendo al azar y sin acertar a nada. «¡Sujétenle! ¡Cierren la puerta! ¡No le dejen suelto! ¡Tengo algo! ¡Aquí está!». Hicieron una perfecta torre de babel de ruidos. Todo el mundo, al parecer, estaba siendo golpeado a la vez, y Sandy Wadgers, conocedor como nunca y con el ingenio agudizado por un espantoso golpe en la nariz, volvió a abrir la puerta y encabezó la huida. Los demás, siguiéndole descontrolados, se quedaron atascados un momento en el rincón junto a la puerta. Los golpes continuaron. A Phipps, el unitario, le rompieron un diente frontal, y Henfrey resultó herido en el cartílago de la oreja. Jaffers fue golpeado bajo la mandíbula y, al girarse, se agarró a algo que se interpuso entre él y Huxter en el tumulto, e impidió que se juntaran. Sintió un pecho musculoso, y al instante toda la masa de hombres que luchaban y estaban excitados salió disparada hacia la sala abarrotada.

«¡Le tengo!», gritó Jaffers, ahogándose y tambaleándose entre todos ellos, y luchando con la cara morada y las venas hinchadas contra su enemigo invisible.

Los hombres se tambalearon a derecha e izquierda cuando el extraordinario conflicto se balanceó velozmente hacia la puerta de la casa y bajó dando vueltas la media docena de escalones de la posada. Jaffers gritó con voz estrangulada —sujetándose con fuerza, no obstante, y haciendo juegos con la rodilla—, giró sobre sí mismo y cayó pesadamente con la cabeza sobre la grava. Sólo entonces sus dedos se relajaron.

Se oyeron gritos excitados de «¡Sujétenle!», «¡Invisible!» y así sucesivamente, y un joven, un extraño en el lugar cuyo nombre no salió a la luz, se lanzó de inmediato, agarró algo, falló en su agarre y cayó sobre el cuerpo postrado del alguacil. A medio camino, una mujer gritó cuando algo la empujó; un perro, al parecer pateado, aulló y corrió gimiendo hacia el patio de Huxter, y con ello se consumó el tránsito del Hombre Invisible. Durante un tiempo la gente permaneció asombrada y gesticulaba, y luego llegó el pánico, y los dispersó por el pueblo como una ráfaga esparce las hojas muertas.

Pero Jaffers yacía completamente inmóvil, con la cara hacia arriba y las rodillas dobladas, al pie de los escalones de la posada.

CAPÍTULO VIII — EN TRÁNSITO

El octavo capítulo es sumamente breve y relata que Gibbons, el naturalista aficionado de la comarca, mientras estaba tumbado en los espaciosos descampados, sin que hubiera un alma a menos de un par de millas de él, según pensaba, y casi dormitando, oyó cerca de sí el sonido como de un hombre que tosía, estornudaba y luego juraba salvajemente para sí mismo; y al mirar, no vio nada. Sin embargo, la voz era indiscutible. Continuó jurando con esa amplitud y variedad que distingue a los juramentos de un hombre cultivado. Llegó a un clímax, disminuyó de nuevo y se apagó en la distancia, dirigiéndose según le pareció en dirección a Adderdean. Se elevó hasta un estornudo espasmódico y terminó. Gibbons no había oído nada de los sucesos de la mañana, pero el fenómeno era tan sorprendente y perturbador que su tranquilidad filosófica se desvaneció; se levantó apresuradamente y bajó a toda velocidad por la pendiente de la colina en dirección al pueblo.

Debe imaginarse a Mr. Thomas Marvel como una persona de rostro lleno y flexible, nariz de protuberancia cilíndrica, boca licorosa, amplia y fluctuante, y barba de erizada excentricidad. Su figura se inclinaba al embozo; sus cortas extremidades acentuaban esta inclinación. Llevaba un peludo sombrero de seda, y la frecuente sustitución de botones por cordeles y cordones de zapatos, evidente en puntos críticos de su atuendo, marcaba a un hombre esencialmente soltero.

Mr. Thomas Marvel estaba sentado con los pies en una zanja junto al camino que baja hacia Adderdean, a una milla y media de Iping. Sus pies, salvo por unos calcetines de calado irregular, estaban desnudos, sus dedos gordos eran anchos y puntiagudos como las orejas de un perro vigilante. De forma pausada —todo lo hacía de forma pausada—, estaba contemplando la posibilidad de probarse un par de botas. Eran las botas más sólidas que había encontrado en mucho tiempo, pero demasiado grandes para él; mientras que las que tenía eran, en tiempo seco, muy cómodas, pero de suela demasiado fina para la humedad. Mr. Thomas Marvel odiaba los zapatos amplios, pero también odiaba la humedad. Nunca había pensado con detenimiento qué odiaba más, y era un día agradable, y no había nada mejor que hacer. Así que colocó los cuatro zapatos en un gracioso grupo sobre el césped y los miró. Y al verlos allí entre la hierba y la agrimonia primaveral, se le ocurrió de repente que ambos pares eran excesivamente feos de ver. No se sobresaltó en absoluto al oír una voz detrás de él.

«Son sólo botas, de todos modos», dijo la Voz.

«Son botas para dar», dijo Mr. Thomas Marvel, con la cabeza de lado mirándolas con desagrado; «y cuál de los dos es el par más feo de todo el bendito universo, ¡que me parta un rayo si lo sé!».

«Mmm», dijo la Voz.

«He tenido peores —de hecho, a veces no he tenido ninguna—. Pero ninguna tan horriblemente fea —si me permite la expresión—. He estado considerando botas... en particular... por días. Porque estaba harto de ellas. Están lo suficientemente bien, por supuesto. Pero un caballero que anda utiliza tanto sus botas. Y si me cree, no he levantado nada en todo el bendito país, por mucho que lo intente, excepto ellas. ¡Mírelas! Y un buen país para las botas, también, en general. Pero es sólo mi promiscua suerte. Tengo mis botas en este país hace diez años o más. Y luego me tratan así».

«Es un país bestial», dijo la Voz. «Y cerdos por personas».

«¿No es así?», dijo Mr. Thomas Marvel. «¡Señor! Pero ¡esas botas! Lo supera».

Giró la cabeza por encima del hombro hacia la derecha, para mirar las botas de su interlocutor con ánimo de comparar, y ¡he aquí! donde deberían haber estado las botas de su interlocutor no había ni piernas ni botas. Se sintió irradiado por la aurora de un gran asombro. «¿Dónde está?», dijo Mr. Thomas Marvel por encima del hombro y acercándose a cuatro patas. Vio una extensión de valles vacíos con el viento meciendo los remotos arbustos de tojo de puntas verdes.

«¿Estoy borracho?», dijo Mr. Marvel. «¿He tenido visiones? ¿Hablaba conmigo mismo? ¿Qué...?».

«No se alarme», dijo una Voz.

«Nada de ventrílocuos conmigo», dijo Mr. Thomas Marvel, poniéndose bruscamente en pie. «¿Dónde está? ¡Alarmado estoy, de verdad!».

«No se alarme», repitió la Voz.

«Usted estará alarmado en un minuto, tonto», dijo Mr. Thomas Marvel. «¿Dónde está? Deje que le encuentre...

«¿Está enterrado?», dijo Mr. Thomas Marvel, tras un intervalo.

No hubo respuesta. Mr. Thomas Marvel se quedó sin botas y asombrado, con la chaqueta casi desprendida.

«Avefría», dijo un avefría, muy lejano.

«¡Avefría, en efecto!», dijo Mr. Thomas Marvel. «No es momento para tonterías». El valle estaba vacío, al este y al oeste, al norte y al sur; la carretera, con sus zanjas poco profundas y sus estacas blancas en los bordes, corría lisa y vacía al norte y al sur y, salvo por aquel avefría, el cielo azul también estaba vacío. «Que Dios me ayude», dijo Mr. Thomas Marvel, colocándose de nuevo el abrigo sobre los hombros. «¡Es la bebida! Debería haberlo sabido».

«No es la bebida», dijo la Voz. «Mantenga los nervios templados».

«¡Ay!», dijo Mr. Marvel, y su rostro se puso blanco entre sus manchas. «¡Es la bebida!», repitieron sus labios sin hacer ruido. Permaneció mirando a su alrededor, girando lentamente hacia atrás. «Juraría haber oído una voz», susurró.

«Por supuesto que sí».

«Está ahí otra vez», dijo Mr. Marvel, cerrando los ojos y llevándose la mano a la frente con gesto trágico. De repente, fue cogido por el cuello y sacudido violentamente, y quedó más aturdido que nunca. «No sea tonto», dijo la Voz.

«No me sirve de nada», dijo Mr. Marvel. «No sirve de nada. Es preocuparse por esas botas enrojecidas. Estoy totalmente chiflado. O son los espíritus».

«Ni una cosa ni la otra», dijo la Voz. «¡Escuche!».

«Chiflado», dijo Mr. Marvel.

«Un minuto», dijo la Voz, penetrante, temblorosa y controlada.

«¿Y bien?», dijo Mr. Thomas Marvel, con la extraña sensación de que le habían clavado un dedo en el pecho.

«¿Cree que soy sólo imaginación? ¿Sólo imaginación?».

«¿Qué otra cosa puede ser?», dijo Mr. Thomas Marvel, frotándose la nuca.

«Muy bien», dijo la Voz, en tono de alivio. «Entonces voy a lanzarle pedradas hasta que piense de otro modo».

«¿Pero dónde está?».

La Voz no respondió. Zumbó una piedra, aparentemente salida del aire, y pasó rozando el hombro de Mr. Marvel por un pelo. Mr. Marvel, volviéndose, vio cómo una piedra se elevaba bruscamente en el aire, trazaba una complicada trayectoria, quedaba colgada un momento y luego se lanzaba a sus pies con una rapidez casi invisible. Estaba demasiado asombrado para esquivarla. Llegó zumbando y rebotó desde un dedo desnudo del pie hasta la zanja. Mr. Thomas Marvel saltó en un pie y aulló en voz alta. Luego echó a correr, tropezó con un obstáculo invisible y cayó sentado de cabeza.

«Ahora», dijo la Voz, mientras una tercera piedra se curvaba hacia arriba y colgaba en el aire por encima del vagabundo. «¿Soy sólo imaginación?».

Mr. Marvel, a modo de respuesta, se puso en pie con dificultad e inmediatamente fue arrollado de nuevo. Permaneció quieto un momento. «Si forcejea más», dijo la Voz, «le tiraré la piedra a la cabeza».

«Estaría bien», dijo Mr. Thomas Marvel, incorporándose, cogiéndose el dedo herido del pie con la mano y fijando la vista en el tercer misil. «No lo entiendo. Piedras lanzándose. Piedras hablando. Dése por vencido. Púdrase. Se acabó».

Cayó la tercera piedra.

«Es muy sencillo», dijo la Voz. «Soy un hombre invisible».

«Dígame algo que yo no sepa», dijo Mr. Marvel, jadeando de dolor. «Dónde se ha escondido... cómo lo hace... no lo sé. Estoy agotado».

«Eso es todo», dijo la Voz. «Soy invisible. Eso es lo que quiero que entienda».

«Cualquiera puede ver eso. No hay necesidad de que se muestre tan impaciente, señor. Ahora, pues. Déme una pista. ¿Cómo se esconde?».

«Soy invisible. Ese es el gran punto. Y lo que quiero que entienda es esto...».

«¿Pero dónde?», interrumpió Mr. Marvel.

«¡Aquí! Seis yardas delante de usted».

«¡Oh, vamos! No estoy ciego. Lo siguiente que me dirá es que no es más que aire. No soy uno de esos vagabundos ignorantes...».

«Sí, soy aire fino. Está mirando a través de mí».

«¡Qué! No hay nada que sea usted. *Vox et...* ¿cómo era?... parloteo. ¿Es eso?».

«No soy más que un ser humano —sólido, que necesita comida y bebida, que también necesita cubrirse—, pero soy invisible. ¿Lo ve? Invisible. Una idea simple. Invisible».

«¿Cómo, de verdad?».

«Sí, de verdad».

«Demuéstrelo con una mano», dijo Marvel, «si es real. No será tan fuera de lugar, entonces... ¡Señor!», dijo, «¡cómo me hizo saltar... agarrándome así!».

Palpó la mano que se había cerrado alrededor de su muñeca con los dedos desencajados, y sus dedos subieron timoratos por el brazo, palparon un pecho musculoso y exploraron un rostro barbudo. La cara de Marvel era de asombro.

«¡Estoy acabado!», dijo. «¡Si esto no supera a las peleas de gallos...! ¡Muy notable...! ¡Y ahí puedo ver un conejo limpiamente a través suyo, a una milla de distancia! Ni un poco de usted visible... excepto...».

Escrutó agudamente el espacio aparentemente vacío. «¿No habrá estado comiendo pan y queso?», preguntó, sujetando el brazo invisible.

«Tiene toda la razón, y no está del todo asimilado en el sistema».

«¡Ah!», dijo Mr. Marvel. «Aunque un poco fantasmal».

«Por supuesto, todo esto no es ni la mitad de maravilloso de lo que usted piensa».

«Es bastante maravilloso para mis modestas necesidades», dijo Mr. Thomas Marvel. «¡Cómo se las arregla! ¿Cómo diablos hizo?».

«Es una historia demasiado larga. Y además...».

«Le digo que todo este asunto me supera», dijo Mr. Marvel.

«Lo que quiero decir en este momento es lo siguiente: necesito ayuda. He llegado a eso... me topé con usted de repente. Estaba vagando, loco de rabia, desnudo, impotente. Podría haberlo asesinado. Y le vi...».

«¡Señor!», dijo Mr. Marvel.

«Me acerqué por detrás de usted... titubeé... continué...».

La expresión de Mr. Marvel era elocuente.

«... y entonces me detuve. "Aquí", me dije, "hay un marginado como yo. Este es el hombre para mí". Así que di media vuelta y me llegué hasta usted... usted. Y...».

«¡Señor!», dijo Mr. Marvel. «Pero estoy desconcertado. ¿Puedo preguntarle cómo está? ¿Y qué puede necesitar en forma de ayuda...? ¡Invisible!».

«Quiero que me ayude a conseguir ropa —y refugio— y luego, con otras cosas. Lo he dejado demasiado tiempo. Si no lo hace... ¡bueno! Pero lo hará... debe hacerlo».

«Mire aquí», dijo Mr. Marvel. «Estoy demasiado aturdido. No me golpee más. Y déjeme ir. Debo estabilizarme un poco. Y casi me rompe el dedo del pie. Es todo tan irracional. Valles vacíos, cielo vacío. Nada visible por millas excepto el seno de la Naturaleza. Y entonces llega una voz. ¡Una voz del cielo! ¡Y piedras! Y un puño... ¡Señor!».

«Contrólese», dijo la Voz, «porque tiene que hacer el trabajo para el que lo he elegido».

Mr. Marvel infló sus mejillas y sus ojos se redondearon.

«Le he elegido a usted», dijo la Voz. «Es el único hombre, excepto algunos de esos tontos de ahí abajo, que sabe que existe un hombre invisible. Tiene que ser mi ayudante. Ayúdeme y haré grandes cosas por usted. Un hombre invisible es un hombre con poder». Se detuvo un momento para estornudar violentamente.

«Pero si me traiciona», dijo, «si no hace lo que le ordeno...». Hizo una pausa y golpeó con fuerza el hombro de Mr. Marvel. Mr. Marvel dio un aullido de terror ante el toque. «No quiero traicionarlo», dijo Mr. Marvel, apartándose de la dirección de los dedos. «No vaya a pensar eso, haga lo que haga. Todo lo que quiero es ayudarle; sólo dígame lo que tengo que hacer. (¡Señor!). Cualquier cosa que quiera que sea hecha, eso es lo que estoy más dispuesto a hacer».

Después de que la primera racha de pánico hubiera pasado, Iping se volvió argumentativo. El escepticismo asomó de repente la cabeza... un escepticismo más bien nervioso, nada seguro de sus espaldas, pero escepticismo al fin y al cabo. Es mucho más fácil no creer en un hombre invisible; y los que realmente le habían visto disolverse en el aire, o sentido la fuerza de su brazo, podían contarse con los dedos de las dos manos. Y de estos testigos Mr. Wadgers desapareció en ese momento, habiéndose retirado inexpugnablemente tras los cerrojos y rejas de su propia casa, y Jaffers yacía aturdido en el salón de «El coche y los caballos». Las grandes y extrañas ideas que trascienden la experiencia suelen tener menos efecto sobre los hombres y las mujeres que las consideraciones más pequeñas y tangibles. Iping estaba alegre con sus colores y todo el mundo vestía de gala. Se había esperado el lunes de Pentecostés durante un mes o más. Por la tarde, incluso los que creían en lo invisible empezaban a reanudar sus pequeñas diversiones de forma tentativa, en la suposición de que se había ido del todo, y con los escépticos ya era una broma. Pero la gente, escépticos y creyentes por igual, se mostró notablemente sociable durante todo aquel día.

En el prado de Haysman había una alegre carpa en la que Mrs. Bunting y otras señoras preparaban el té, mientras, fuera, los niños de la escuela dominical corrían carreras y jugaban bajo la ruidosa dirección del coadjutor y de Misses Cuss y Sackbut. Sin duda había una ligera inquietud en el aire, pero la gente, en su mayoría, tenía el sentido común de ocultar cualquier reparo imaginativo que experimentara. En el prado del pueblo, un fuerte inclinado [¿una cuerda?], por el que, agarrado mientras tanto a un asa que giraba en polea, uno podía ser arrojado violentamente contra un saco situado en el otro extremo, gozaba de considerable favor entre los adolescentes, al igual que los columpios y el puesto para derribar los cocos a la distancia. También había paseos, y el órgano de vapor adosado a una pequeña glorieta llenaba el aire de un penetrante sabor a aceite y de una música igualmente penetrante. Los miembros del club, que habían asistido a la iglesia por la mañana, estaban espléndidos con insignias rosas y verdes, y algunos de los más alegres también habían adornado sus bombines con cintas de colores brillantes. El viejo Fletcher, cuyas concepciones de las festividades eran severas, se dejaba ver entre los jazmines de su ventana o a través de la puerta abierta (según se mirara), posado delicadamente sobre un tablón apoyado en dos sillas, y encalando el techo de su habitación delantera.

Hacia las cuatro, un extraño entró en el pueblo desde la dirección de los valles. Era una persona baja y corpulenta, con un sombrero de copa extraordinariamente raído, y parecía estar muy falto de aliento. Sus mejillas estaban alternativamente flácidas y fuertemente hinchadas. Su rostro moteado era aprensivo y se movía con una especie de presteza renuente. Dobló la esquina de la iglesia y se dirigió a «El coche y los caballos». Entre otros, el viejo Fletcher recuerda haberle visto y, de hecho, el anciano caballero quedó tan impresionado por su peculiar agitación que, sin darse cuenta, dejó que una cantidad de cal corriera por la brocha hasta la manga de su abrigo mientras le observaba.

Este desconocido, según lo percibió el propietario del puesto de los cocos, parecía estar hablando consigo mismo, y Mr. Huxter observó lo mismo. Se detuvo al pie de la escalinata de «El coche y los caballos» y, según Mr. Huxter, pareció someterse a una severa lucha interna antes de poder convencerse y entrar en la casa. Finalmente subió los escalones y Mr. Huxter le vio girar a la izquierda y abrir la puerta del salón. Mr. Huxter oyó voces desde el interior de la habitación y desde el bar que informaban al hombre de su error. «¡Esa habitación es privada!», dijo Hall, y el desconocido cerró la puerta torpemente y entró en el bar.

En el transcurso de unos minutos reapareció, limpiándose los labios con el dorso de la mano con un aire de tranquila satisfacción que de algún modo impresionó a Mr. Huxter como signo de compostura. Permaneció unos instantes mirando a su alrededor y luego Mr. Huxter le vio caminar de un modo extrañamente furtivo hacia las puertas del patio, sobre las que se abría la ventana del salón. El desconocido, tras vacilar un poco, se apoyó en uno de los postes de la puerta, sacó una corta pipa de arcilla y se dispuso a llenarla. Le temblaban los dedos mientras lo hacía. La encendió torpemente y cruzándose de brazos empezó a fumar con una actitud relajada, actitud que sus ocasionales miradas hacia el patio desmentían por completo.

Todo esto lo vio Mr. Huxter por encima de los botes de la ventana de tabaco, y la singularidad del comportamiento del hombre le impulsó a mantener su observación.

En ese momento, el desconocido se levantó bruscamente y se guardó la pipa en el bolsillo. Luego desapareció en el patio. Inmediatamente, Mr. Huxter, creyendo ser testigo de un pequeño hurto, saltó en torno a su mostrador y salió corriendo a la calle para interceptar al ladrón. Mientras lo hacía, Mr. Marvel reapareció, con el sombrero torcido, un gran fardo en un mantel azul en una mano y tres libros atados juntos —como se demostró después con los tiradores del vicario— en la otra. Nada más ver a Huxter dio una especie de grito ahogado y, girando bruscamente hacia la izquierda, echó a correr. «¡Alto, ladrón!», gritó Huxter, y salió tras él. Las sensaciones de Mr. Huxter fueron vívidas pero breves. Vio al hombre justo delante de él y corriendo a toda velocidad hacia la esquina de la iglesia y el camino de la colina. Vio las banderas del pueblo y los festejos más allá, y una cara o más se volvió hacia él. Volvieron a gritar: «¡Alto!». Apenas había dado diez zancadas cuando su espinilla se enganchó de alguna manera misteriosa, y ya no corría, sino que volaba con una rapidez inconcebible por el aire. De repente vio el suelo cerca de su cara. El mundo pareció salpicar en un millón de arremolinadas motas de luz, y los procedimientos posteriores dejaron de interesarle.

CAPÍTULO XI — EN «EL COCHE Y LOS CABALLOS»

Ahora bien, para comprender claramente lo que había sucedido en la posada, es necesario remontarse al momento en que Mr. Marvel se asomó por primera vez a la ventana de Mr. Huxter.

En ese preciso momento, Mr. Cuss y Mr. Bunting se encontraban en el salón. Estaban investigando seriamente los extraños sucesos de la mañana y, con el permiso de Mr. Hall, estaban haciendo un examen minucioso de las pertenencias del Hombre Invisible. Jaffers se había recuperado parcialmente de su caída y se había ido a casa, a cargo de sus comprensivos amigos. Las prendas dispersas del desconocido habían sido retiradas por Mrs. Hall y la habitación había sido ordenada. Y en la mesa bajo la ventana donde el extraño había acostumbrado a trabajar, Cuss había dado casi de inmediato con tres grandes libros manuscritos etiquetados como «Diario».

«¡Diario!», dijo Cuss, poniendo los tres libros sobre la mesa. «Ahora, en todo caso, aprenderemos algo». El vicario se quedó de pie con las manos sobre la mesa.

«Diario», repitió Cuss, sentándose, poniendo dos volúmenes para apoyar el tercero y abriéndolo. «Mmm... sin nombre en la hoja de guarda. ¡Maldición...! Está cifrado. Y hay números».

El vicario se acercó para mirar por encima del hombro.

Cuss pasó las páginas con un rostro repentinamente decepcionado. «¡Caramba! Está todo cifrado, Bunting».

«¿No hay diagramas?», preguntó Mr. Bunting. «No hay ilustraciones que arrojen algo de luz...».

«Véalo usted mismo», dijo Mr. Cuss. «Una parte es matemática y otra es ruso o algún idioma parecido (a juzgar por las letras), y otra parte es griego. Ahora, el griego pensé que usted...».

«Por supuesto», dijo Mr. Bunting, sacándose y limpiándose las gafas y sintiéndose de repente muy incómodo, pues no le quedaba en la cabeza ningún griego del que mereciera la pena hablar; «sí, el griego, por supuesto, puede proporcionar una pista».

«Le encontraré un pasaje».

«Preferiría hojear primero los volúmenes», dijo Mr. Bunting, todavía pasando las hojas. «Una impresión general primero, Cuss, y luego, ya sabe, podemos ir buscando pistas».

Tosió, se puso las gafas, se las arregló con fastidio, volvió a toser y deseó que ocurriera algo que evitara la aparentemente inevitable exposición. Luego cogió, sin prisa, el volumen que Cuss le entregaba. Y entonces sí ocurrió algo.

La puerta se abrió de repente.

Ambos caballeros se sobresaltaron violentamente, miraron a su alrededor y se sintieron aliviados al ver un rostro apenas sonrosado bajo un sombrero de seda peluda. «¿El bar?», preguntó el rostro, y se quedó mirando.

«No», dijeron ambos caballeros a la vez.

«Por el otro lado, amigo», dijo Mr. Bunting. Y, «por favor, cierre esa puerta», dijo Mr. Cuss, irritado.

«Muy bien», dijo el intruso, según parecía... en una voz baja curiosamente diferente a la ronca de su primera pregunta. «Tiene razón», dijo el intruso con la voz anterior. «¡Apártese!», y desapareció y cerró la puerta.

«Un marinero, diría yo», dijo Mr. Bunting. «Son unos tipos divertidos. ¡Apártese...! en efecto. Un término náutico, referido a su salida de la habitación, supongo».

«Me atrevería a decir que sí», dijo Cuss. «Hoy tengo los nervios de punta. Me hizo saltar la puerta abriéndose así».

Mr. Bunting sonrió como si él no se hubiera sobresaltado. «Y ahora», dijo con un suspiro, «estos libros».

Alguien resopló al hacerlo.

«Una cosa es indiscutible», dijo Bunting, acercando una silla a la de Cuss. «Ciertamente han ocurrido cosas muy extrañas en Iping durante los últimos días, muy extrañas. Por supuesto, no puedo creer en esa absurda historia de la invisibilidad...».

«Es increíble...», dijo Cuss, «increíble. Pero el hecho es que vi... ciertamente vi justo debajo de su manga...».

«Pero... ¿está seguro? Suponga que hubiera un espejo, por ejemplo — las alucinaciones se producen tan fácilmente—. No sé si ha visto alguna vez a un prestidigitador realmente bueno...».

«No volveré a discutir», dijo Cuss. «Ya lo hemos discutido, Bunting. Y ahora están justamente estos libros... ¡Ah!, aquí hay algo que parece ser griego. Letras griegas ciertamente».

Señaló el centro de la página. Mr. Bunting se sonrojó ligeramente y acercó la cara, al parecer encontrando alguna dificultad con sus gafas. De repente fue consciente de una extraña sensación en la nuca. Intentó levantar la cabeza y se encontró con una resistencia insuperable. La sensación era una curiosa presión, el agarre de una mano pesada y firme, y le llevaba la barbilla irresistiblemente hacia la mesa. «¡No se muevan, hombrecillos!», susurró una voz, «¡o les parto la cara a los dos!». Miró a la cara de Cuss, cerca de la suya, y cada uno vio un reflejo horrorizado de su propio asombro enfermizo.

«Siento tratarles tan bruscamente», dijo la Voz, «pero es inevitable».

«¿Desde cuándo han aprendido a husmear en los memorándums privados de un investigador?», dijo la Voz; y dos barbillas golpearon la mesa simultáneamente, y dos conjuntos de dientes rechinaron.

«¿Desde cuándo han aprendido a invadir las habitaciones privadas de un hombre pasando por una desgracia?», y se repitió la conmoción.

«¿Dónde han puesto mi ropa?».

«Escuchen», dijo la Voz. «Las ventanas están cerradas y he sacado la llave de la puerta. Soy un hombre bastante fuerte y tengo el atizador a mano... además de ser invisible. No hay la menor duda de que podría matarlos a los dos y escapar con bastante facilidad si quisiera, ¿comprenden? Muy bien. Si les dejo marchar, ¿prometen no intentar ninguna tontería y hacer lo que les diga?».

El vicario y el médico se miraron, y el médico hizo una mueca. «Sí», dijo Mr. Bunting, y el médico lo repitió. Entonces la presión sobre los cuellos se relajó, y el médico y el vicario se sentaron, ambos con la cara muy roja y retorciendo la cabeza.

«Por favor, sigan sentados donde están», dijo el Hombre Invisible. «Aquí está el atizador».

«Cuando entré en esta habitación», continuó el Hombre Invisible, después de presentar el atizador a la punta de la nariz de cada uno de sus visitantes, «no esperaba encontrarla ocupada, y esperaba encontrar, además de mis libros de memorándums, un conjunto de ropa. ¿Dónde está? No, no se levanten. Ya veo que no está. Ahora, justo en este momento, aunque los días son lo bastante cálidos como para que un hombre invisible corra por ahí completamente desnudo, las noches son bastante frías. Quiero ropa... y otro alojamiento; y también debo tener esos tres libros».

CAPÍTULO XII — EL HOMBRE INVISIBLE PIERDE LOS ESTRIBOS

Es inevitable que en este punto la narración se interrumpa de nuevo, por cierta razón muy dolorosa que se pondrá de manifiesto en seguida. Mientras estas cosas ocurrían en el salón, y mientras Mr. Huxter observaba a Mr. Marvel fumando su pipa contra la verja, a no más de una docena de yardas estaban Mr. Hall y Teddy Henfrey discutiendo en un estado de turbia perplejidad sobre el único tema que había en Iping.

De repente se oyó un violento golpe contra la puerta del salón, un grito agudo, y luego... silencio.

«¡Ho...la!», dijo Teddy Henfrey.

«¡Ho... la!», se escuchó desde el bar.

Mr. Hall asimiló las cosas lenta pero firmemente. «Eso no está bien», dijo, y se acercó desde detrás de la barra hacia la puerta del salón.

Él y Teddy se acercaron juntos a la puerta, con rostros atentos. Sus ojos escudriñaban. «Totalmente mal», dijo Hall, y Henfrey asintió. Olfatearon un desagradable olor químico y se oyó un sonido apagado de conversación, muy rápido y tenue.

«¿Ustedes están bien?», preguntó Hall, golpeando.

La conversación entre murmullos cesó bruscamente, durante un momento se hizo el silencio, luego se reanudó la conversación, en susurros sibilantes, y después un grito agudo de «¡No, no, no lo haga!». Hubo un movimiento repentino y el vuelco de una silla, un breve forcejeo. De nuevo el silencio.

«¿Qué raro?», exclamó Henfrey, *sotto voce*.

«¿Están ustedes bien?», preguntó Mr. Hall, bruscamente, de nuevo.

La voz del vicario respondió con una curiosa entonación entrecortada: «Muy bien. Por favor, no interrumpa».

«¡Qué raro!», dijo Mr. Henfrey.

«¡Qué raro!», dijo Mr. Hall.

«Dice: "no interrumpa"», dijo Henfrey.

«Lo he oído», dijo Hall.

«Y un resoplido», dijo Henfrey.

Siguieron escuchando. La conversación era rápida y tenue. «No puedo», dijo Mr. Bunting, alzando la voz; «le digo, sir, que no lo haré».

«¿Qué ha sido eso?», preguntó Henfrey.

«Dice que no lo hará», dijo Hall. «¿No hablaba con nosotros, verdad?».

«¡Qué vergüenza!», dijo Mr. Bunting, en su interior.

«"Vergonzoso"», dijo Mr. Henfrey. «Lo oí... claramente».

«¿Quién habla ahora?», preguntó Henfrey.

«Mr. Cuss, supongo», dijo Hall. «¿Puede oír algo?».

Silencio. Los sonidos interiores eran indistintos y desconcertantes.

«Suena como que tiran del mantel», dijo Hall.

Mrs. Hall apareció detrás de la barra. Hall hizo gestos de silencio y de invitación. Esto despertó una oposición propia a una esposa de parte de Mrs. Hall. «¿Qué haces ahí escuchando, Hall?», preguntó ella. «¿No tienes nada mejor que hacer en un día tan ajetreado como éste?».

Hall trató de transmitirlo todo mediante muecas y un mudo espectáculo, pero Mrs. Hall se mostró obstinada. Alzó la voz. Así que Hall y Henfrey, bastante cabizbajos, volvieron de puntillas al bar, gesticulando para explicárselo.

Al principio ella se negó a interesarse en lo que habían oído. Luego insistió en que Hall guardara silencio, mientras Henfrey le contaba su historia. Se inclinaba a pensar que todo el asunto era una tontería; tal vez sólo estaban cambiando los muebles de sitio. «He oído decir "vergonzoso"; eso he oído», dijo Hall.

«Lo he oído, Mrs. Hall», dijo Henfrey.

«Como si no...», comenzó a decir Mrs. Hall.

«¡Shhh!», dijo Mr. Teddy Henfrey. «¿No he oído la ventana?».

«¿Qué ventana?», preguntó Mrs. Hall.

«La ventana del salón», dijo Henfrey.

Todos se quedaron escuchando atentamente. Los ojos de Mrs. Hall, dirigidos directamente ante ella, veían sin ver la brillante forma oblongo de la puerta de la posada, la carretera blanca y viva, y la fachada de la tienda de Huxter ampollándose bajo el sol de junio. Abruptamente la puerta de Huxter se abrió y apareció Huxter, con los ojos fijos por la excitación, los brazos gesticulando. «¡Ah!», gritó Huxter. «¡Al ladrón!», y corrió oblicuamente por la forma oblonga hacia las puertas del patio, y desapareció.

Simultáneamente llegó un tumulto del salón y un ruido de ventanas cerrándose.

Hall, Henfrey y el contenido humano del bar salieron de inmediato a toda prisa a la calle. Vieron cómo alguien doblaba la esquina en dirección a la carretera y cómo Mr. Huxter ejecutaba un complicado salto en el aire que terminó sobre su cara y su hombro. Calle abajo la gente se paraba atónita o corría hacia ellos.

Mr. Huxter se quedó atónito. Henfrey se detuvo para descubrir esto, pero Hall y los dos empleados del bar corrieron enseguida hacia la esquina, gritando cosas incoherentes, y vieron a Mr. Marvel desvanecerse por la esquina del muro de la iglesia. Parece que llegaron a la imposible conclusión de que se trataba del Hombre Invisible hecho visible de repente, y salieron enseguida en su persecución por el camino. Pero Hall apenas había corrido una docena de yardas antes de dar un fuerte grito de asombro y salir volando de cabeza hacia un lado, agarrando a uno de los empleados y tirándolo al suelo. Había sido embestido como se embiste a un hombre en el fútbol. El segundo jornalero dio la vuelta en círculo, se quedó mirando y, al darse cuenta que Hall se había caído por su propia voluntad, se volvió para reanudar la persecución, sólo para recibir una zancadilla en el tobillo igual que le había ocurrido a Huxter. Entonces, mientras el primer empleado luchaba por ponerse en pie, fue pateado lateralmente por un golpe que podría haber derribado a un buey.

Mientras bajaba, la gente procedente de las praderas del pueblo dobló la esquina. El primero en aparecer fue el propietario del puesto de cocos, un hombre corpulento vestido con un jersey azul. Se asombró al ver la calle vacía salvo por tres hombres desparramados absurdamente por el suelo. Entonces algo le pasó en el pie trasero, se fue de cabeza y rodó de lado justo a tiempo para rozar los pies de su hermano y socio, que le siguió. A continuación, ambos recibieron patadas, rodillazos, caídas y maldiciones de un buen número de personas demasiado apresuradas.

Cuando Hall, Henfrey y los peones salieron corriendo de la casa, Mrs. Hall, disciplinada por años de experiencia, permaneció en la barra junto a la caja. De repente se abrió la puerta del salón y apareció Mr. Cuss, que sin mirarla se lanzó de inmediato por los escalones hacia la esquina. «¡Sujétenle!», gritó. «Que no se le caiga ese paquete».

No sabía nada de la existencia de Marvel. El Hombre Invisible le había entregado los libros y el fardo en el patio. El rostro de Mr. Cuss mostraba su enfado y su resolución, pero su traje era defectuoso, una especie de falda escocesa blanca que sólo podría haber quedado bien en Grecia. «¡Sujétenle!», gritó. «¡Tiene mis pantalones! ¡Y cada puntada de la ropa del vicario!».

«¡Me ocuparé de él enseguida!», gritó a Henfrey al pasar junto al postrado Huxter y, al doblar la esquina para unirse al tumulto, fue rápidamente derribado en una indecorosa caída. Alguien en pleno vuelo le pisó fuertemente el dedo. Gritó, luchó por recuperar el control de sus pies, fue golpeado y arrojado a cuatro patas de nuevo, y se dio cuenta de que estaba involucrado no en una captura, sino en una huida. Todos corrían de regreso a la aldea. Se levantó de nuevo y recibió un fuerte golpe detrás de la oreja. Se tambaleó y emprendió de inmediato el regreso a

«El coche y los caballos», saltando en su camino por encima del abandonado Huxter, que ahora estaba sentado.

Detrás de él, cuando estaba a medio camino de los escalones de la posada, oyó un repentino grito de rabia, que surgió bruscamente de la confusión de gritos, y un sonoro golpe en la cara de alguien. Reconoció la voz como la del Hombre Invisible, y el tono era el de un hombre repentinamente enfurecido por un golpe doloroso.

Inmediatamente Mr. Cuss estaba de vuelta en el salón. «¡Está volviendo, Bunting!», dijo, entrando apresuradamente. «¡Sálvese!».

Mr. Bunting estaba de pie en la ventana enfrascado en un intento de vestirse con la alfombra de la chimenea y una *Gaceta de West Surrey*. «¿Quién viene?», dijo, tan sobresaltado que su traje escapó por poco a la desintegración.

«El Hombre Invisible», dijo Cuss, y se precipitó hacia la ventana. «¡Será mejor que nos larguemos de aquí! ¡Está luchando como un loco! ¡Loco!»

Inmediatamente estaba en el patio.

«¡Santo cielo!», dijo Mr. Bunting, dudando entre dos horribles alternativas. Oyó un forcejeo espantoso en el pasadizo de la posada, y su decisión estaba tomada. Salió por la ventana, se ajustó apresuradamente su traje y huyó por el pueblo tan rápido como le permitieron sus pequeñas y gordas piernas.

Desde el momento en que el Hombre Invisible gritó de rabia y Mr. Bunting emprendió su memorable huida por el pueblo, resultó imposible hacer un relato consecutivo de los asuntos de Iping. Posiblemente la intención original del Hombre Invisible era simplemente cubrir la retirada de Marvel con la ropa y los libros. Pero su temperamento, en ningún momento muy bueno, parece que se desbocó por completo ante algún golpe fortuito, e inmediatamente se puso a golpear y derribar, por la mera satisfacción de herir.

Debe imaginarse la calle llena de figuras corriendo, de portazos y luchas por escondites. Debe imaginarse el tumulto golpeando de repente el inestable equilibrio de los tablones y las dos sillas del viejo Fletcher, con resultados cataclísmicos. Debe imaginarse a una pareja consternada atrapada en un columpio. Y entonces todo el tumultuoso ajetreo ha pasado y la calle de Iping, con sus galas y banderas, está desierta salvo por los que aún no se han dejado ver, y sembrada de cocos, pantallas de lona derribadas y las existencias esparcidas de un puesto de golosinas. Por todas partes se oye el ruido de persianas que se cierran y cerrojos que se corren, y el única resto de humanidad visible es un ojo que revolotea ocasionalmente bajo una ceja levantada en la esquina del cristal de una ventana.

El Hombre Invisible se entretuvo un rato rompiendo todas las ventanas de «El coche y los caballos», y luego metió una farola por la ventana del salón de Mrs. Gribble. Debió de ser él quien cortó el cable del telégrafo a Adderdean, justo más allá de la casita de Higgins, en Adderdean Road. Y después de eso, tal como lo permitían sus peculiares cualidades, desapareció por completo de las percepciones humanas, y ya no se le oyó, vio ni sintió en Iping. Se desvaneció por completo.

Pero pasaron casi dos horas antes de que ningún ser humano se aventurara de nuevo en la desolación de la calle de Iping.

Cuando el crepúsculo se acercaba e Iping empezaba a asomarse tímidamente de nuevo sobre los destrozados restos de su día festivo, un hombre bajo y de complexión gruesa, con un raído sombrero de seda, marchaba penosamente a través de la penumbra tras los bosques de haya del camino a Bramblehurst. Llevaba tres libros atados entre sí por una especie de ligadura elástica ornamental y un fardo envuelto en un mantel azul. Su rostro rubicundo expresaba consternación y fatiga; parecía tener una especie de prisa espasmódica. Le acompañaba una voz que no era la suya, y una y otra vez se estremecía bajo el contacto de manos invisibles.

«Si intenta escapar otra vez», dijo la Voz, «si intenta escapar otra vez...».

«¡Señor!», dijo Mr. Marvel. «Ese hombre es ya una masa de moratones».

«Por mi honor», dijo la Voz, «le mataré».

«No intenté escaparme», dijo Marvel, con una voz que no estaba muy lejos de las lágrimas. «Juro que no es así. No conocía la bendita curva, ¡eso era todo! ¿Cómo diablos iba yo a conocer la bendita curva? Tal y como están las cosas, me he dado un gran golpe...».

LTe golpearán mucho más si no se cuida», dijo la Voz, y Mr. Marvel enmudeció abruptamente. Hizo sonar sus mejillas y sus ojos mostraban su desesperación.

«Ya es bastante malo dejar que estos palurdos exploten mi pequeño secreto, sin que usted huya con mis libros. ¡Es una suerte para algunos de ellos que pudieran huir como lo hicieron! Aquí estoy yo... ¡Nadie sabía que era invisible! ¿Y ahora qué voy a hacer?».

«¿Qué voy a hacer yo?», preguntó Marvel, *sotto voce*.

«De eso se trata. ¡Saldrá en los periódicos! Todo el mundo me estará buscando; todo el mundo estará en guardia...». La Voz rompió en vivas maldiciones y cesó.

La desesperación del rostro de Mr. Marvel se hizo más profunda y su paso se aflojó.

«¡Adelante!», dijo la Voz.

El rostro de Mr. Marvel adquirió un tinte grisáceo entre las manchas más rubicundas.

«No deje caer esos libros, estúpido», le dijo la Voz, bruscamente.

«El hecho es», dijo la Voz, «que tengo que usarlo a usted... Es una pobre herramienta, pero debo hacerlo».

«Soy una herramienta miserable», dijo Marvel.

«Lo es», dijo la Voz.

«Soy la peor herramienta que podría tener», dijo Marvel.

«No soy fuerte», dijo tras un silencio desalentador.

«No soy demasiado fuerte», repitió.

«¿No?».

«Y mi corazón está débil. Ese pequeño asunto —lo superé, por supuesto— pero ¡bendita sea! Podría haberme caído».

«¿Y bien?».

«No tengo el valor ni la fuerza para el tipo de cosas que usted quiere».

«Le estimularé».

«Me gustaría que no lo hiciera. No me gustaría estropear sus planes, ¿sabe? Pero puede que lo haga, de pura rabia y miseria».

«Mejor que no», dijo la Voz, con tranquilo énfasis.

«Ojalá yo estuviera muerto», dijo Marvel.

«No es justo», dijo; «debe admitir... que tengo perfecto derecho...».

«¡Continúe!», dijo la Voz.

Mr. Marvel enmendó el paso y durante un rato siguieron en silencio.

«Es endemoniadamente difícil», dijo Mr. Marvel.

Esto fue bastante ineficaz. Intentó otra táctica.

«¿Qué gano yo con esto?», comenzó de nuevo en un tono de insoportable sufrimiento.

«¡Oh! ¡Cállese!», dijo la Voz, con un repentino y sorprendente vigor. «Ya me ocuparé de usted. Haga lo que le digo. Lo hará bien. Es un tonto y todo eso, pero lo hará...».

«Le digo, sir, que no soy el hombre adecuado. Respetuosamente... pero es tan...».

«Si no se calla volveré a retorcerle la muñeca», dijo el Hombre Invisible. «Quiero pensar».

De pronto, dos formas oblongas de luz amarilla aparecieron entre los árboles, y la torre cuadrada de una iglesia asomó a través de la penumbra. «Mantendré mi mano sobre su hombro», dijo la Voz, «mientras estamos en el pueblo. Atraviéselo directamente y no intente ninguna tontería. Será peor para usted si lo hace».

«Lo sé», suspiró Mr. Marvel, «lo sé muy bien».

La figura de aspecto infeliz con el obsoleto sombrero de seda subió por la calle del pueblecito con sus cargas y desapareció en la oscuridad creciente más allá de las luces de las ventanas.

Las diez de la mañana del día siguiente encontraron a Mr. Marvel sin afeitar, sucio y manchado de viaje, sentado con los libros a su lado y las manos hundidas en los bolsillos, con aspecto muy cansado, nervioso e incómodo, e inflando las mejillas a intervalos infrecuentes, en el banco de la puerta de una pequeña posada a las afueras de Port Stowe. A su lado estaban los libros, pero ahora estaban atados con una cuerda. El fardo había sido abandonado en los pinares más allá de Bramblehurst, de acuerdo con un cambio en los planes del Hombre Invisible. Mr. Marvel se sentó en el banco y, aunque nadie le hizo el menor caso, su agitación se mantuvo al rojo vivo. Sus manos iban una y otra vez a sus diversos bolsillos con un curioso tanteo nervioso.

Sin embargo, cuando llevaba sentado casi una hora, un viejo marinero, que llevaba un periódico, salió de la posada y se sentó a su lado. «Un día agradable», dijo el marinero.

Mr. Marvel miró a su alrededor con algo parecido al terror. «Muy», dijo.

«Simplemente un tiempo apropiado para la época del año», dijo el marinero, sin negarlo.

«Bastante», dijo Mr. Marvel.

El marinero sacó un palillo y —salvo por su mirada— se quedó absorto usándolo durante unos minutos. Mientras tanto, sus ojos se dedicaron a examinar la polvorienta figura de Mr. Marvel y los libros que tenía a su lado. Cuando se había acercado a Mr. Marvel había oído un sonido como el de unas monedas cayendo en un bolsillo. Le impresionó el contraste del aspecto de Mr. Marvel con esta sugerencia de opulencia. Entonces su mente vagó de nuevo hacia un tema que se había apoderado con curiosa firmeza de su imaginación.

«¿Libros?», dijo de repente, terminando ruidosamente con el palillo.

Mr. Marvel se sobresaltó y los miró. «Oh, sí», dijo. «Sí, son libros».

«Hay cosas extra... ordinarias en los libros», dijo el marinero.

«Le creo», dijo Mr. Marvel.

«Y algunas cosas extra... ordinarias en ellos», dijo el marinero.

«Igualmente cierto», dijo Mr. Marvel. Miró a su interlocutor y luego miró a su alrededor.

«Hay cosas extra... ordinarias en los periódicos, por ejemplo», dijo el marinero.

«Las hay».

«En este periódico», dijo el marinero.

«¡Ah!», dijo Mr. Marvel.

«Hay una historia», dijo el marinero, fijando en Mr. Marvel una mirada firme y deliberada; «hay una historia sobre un Hombre Invisible, por ejemplo».

Mr. Marvel torció la boca, se rascó la mejilla y sintió que le brillaban las orejas. «¿Qué será lo próximo que escriban?», preguntó débilmente. «¿Ostria, o América?».

«Ninguna de las dos», dijo el marinero. «Tome».

«¡Señor!», dijo Mr. Marvel, sobresaltándose.

«Cuando digo aquí», dijo el marinero, ante el intenso alivio de Mr. Marvel, «no me refiero, por supuesto, a este lugar, sino a los alrededores».

«¡Un Hombre Invisible!», dijo Mr. Marvel. «¿Y qué ha estado haciendo?».

«De todo», dijo el marinero, controlando a Marvel con la mirada, y luego amplificando, «de todo... benditamente... de todo».

«No he visto un periódico en estos cuatro días», dijo Marvel.

«Iping es el lugar del que partió», dijo el marinero.

«¡En efecto!», dijo Mr. Marvel.

«Empezó allí. Y de dónde vino, nadie parece saberlo. Aquí está: "Pe... culiar historia en Iping". Y dice en este papel que la evidencia es extra... ordinaria fuertemente... extra... ordinaria».

«¡Señor!», dijo Mr. Marvel.

«Pero entonces, es una historia extra... ordinaria. Hay testigos, un clérigo y un caballero médico, que lo vieron bien, o al menos no lo vieron. Se hospedaba, dice, en "El coche y los caballos", y nadie parece haber sido consciente de su desgracia, dice, consciente de su desgracia, hasta que en un altercado en la posada, dice, le arrancaron las vendas de la cabeza. Entonces se ob... servó que su cabeza era invisible. Inmediatamente se hicieron intentos para capturarlo pero, despojándose de sus vestiduras, dice, logró escapar, pero no hasta después de una lucha desesperada, en la que había infligido graves heridas, dice, a nuestro digno y capaz alguacil, Mr. J. A. Jaffers. Una historia bastante directa, ¿eh? Con nombres y todo».

«¡Señor!», dijo Mr. Marvel, mirando nerviosamente a su alrededor, intentando contar el dinero de sus bolsillos solamente con su sentido del tacto, y lleno de una idea extraña y novedosa. «Parece de lo más asombroso».

«¿No es así? Extra... ordinario, lo llamo yo. Nunca había oído hablar de Hombres Invisibles, pero hoy en día se oyen tantas cosas extra...ordinarias... que...».

«¿Eso es todo lo que hizo?», preguntó Marvel, tratando de parecer tranquilo.

«Es suficiente, ¿no?», dijo el marinero.

«¿No volvió por casualidad?», preguntó Marvel. «Sólo escapó y eso es todo, ¿eh?».

«¡Todo!», dijo el marinero. «¿Por qué? ¿No es suficiente?».

«Es suficiente», dijo Marvel.

«Debería pensar que fue suficiente», dijo el marinero. «Debería pensar que fue suficiente».

«No tenía amigos... no dice que tuviera amigos, ¿verdad?», preguntó Mr. Marvel, ansioso.

«¿No le basta con uno de este tipo?», preguntó el marinero. «No, gracias al cielo, como se podría decir, no lo hizo».

Asintió lentamente con la cabeza. «¡Me incomoda mucho la sola idea de que ese tipo ande suelto por el país! En estos momentos está en libertad, y por ciertas pruebas se supone que ha tomado —tomó, supongo que quieren decir— el camino de Port Stowe. ¡Ya ve que estamos exactamente ahí! Ninguna de sus maravillas americanas, esta vez. ¡Y piense en las cosas que podría hacer! ¿Dónde estaría usted, si él tomara una gota por encima suyo y tuviera la fantasía de tirársela? Suponga que quiere robar... ¿quién puede impedírselo? Puede allanar, puede robar, ¡podría atravesar un cordón de policías tan fácilmente como yo o usted podría escaparse de un ciego! ¡Más fácil! Me han dicho que estos ciegos oyen muy bien. Y dondequiera que hubiera licor, si se le antoja...».

«Tiene una gran ventaja, ciertamente», dijo Mr. Marvel. «Y... bueno...».

«Tiene razón», dijo el marinero. «La tiene».

Durante todo este tiempo, Mr. Marvel había estado mirando atentamente a su alrededor, escuchando por si había débiles pisadas, intentando detectar movimientos imperceptibles. Parecía a punto de tomar alguna gran resolución. Tosió detrás de la mano.

Volvió a mirar a su alrededor, escuchó, se inclinó hacia el marinero y bajó la voz: «El caso es que resulta que sé un par de cosas sobre este Hombre Invisible. De fuentes privadas».

«¡Oh!», dijo el marinero, interesado. «¿Usted?».

«Sí», dijo Mr. Marvel. «Yo».

«¡En efecto!», dijo el marinero. «¿Y puedo preguntarle...?».

«Se asombrará», dijo Mr. Marvel detrás de su mano. «Es tremendo».

«¡En efecto!», dijo el marinero.

«El hecho es», comenzó Mr. Marvel con entusiasmo en un tono confidencial. De repente, su expresión cambió maravillosamente. «¡Ay!», dijo. Se levantó rígidamente de su asiento. Su rostro era elocuente del sufrimiento físico. «¡Ay!», dijo.

«¿Qué pasa?», dijo el marinero, preocupado.

«Dolor de muelas», dijo Mr. Marvel, y se llevó la mano a la oreja. Agarró sus libros. «Creo que debo seguir», dijo. Se apartó de forma curiosa del asiento, alejándose de su interlocutor. «¡Pero si me iba a hablar de este Hombre Invisible!», protestó el marinero. Mr. Marvel pareció consultar consigo mismo. «Un engaño», dijo una voz. «Es un engaño», dijo Mr. Marvel.

«Pero está en el periódico», dijo el marinero.

«Engaño de todos modos», dijo Marvel. «Conozco al tipo que empezó la mentira. No hay ningún Hombre Invisible en absoluto... el cuco».

«¿Pero qué hay de este periódico? ¿Quiere decir...?».

«Ni una palabra es verdad», dijo Marvel, con firmeza.

El marinero se quedó mirando, con el periódico en la mano. Mr. Marvel se dio vuelta bruscamente. «Espere un poco», dijo el marinero, levantándose y hablando despacio, «¿quiere decir...?».

«Así es», dijo Mr. Marvel.

«Entonces, ¿por qué me dejo seguir y contarle todas esas estupideces? ¿A qué se refiere con dejar que un hombre haga el ridículo de esa manera? ¿Eh?».

Mr. Marvel infló sus mejillas. El marinero se puso de repente muy rojo; apretó las manos. «He estado hablando aquí estos diez minutos», dijo; «y usted, pequeño barrigón con cara curtida, hijo de una vieja bota, no ha podido tener los modales elementales...».

«No venga usted a manipular palabras conmigo», dijo Mr. Marvel.

«¡Manipulando palabras! Tengo una mente sana...».

«Vamos», dijo una Voz, y Mr. Marvel se dio vuelta de repente y empezó a marchar de una curiosa manera espasmódica. «Será mejor que siga adelante», dijo el marinero. «¿Quién sigue adelante?», dijo Mr. Marvel. Estaba retrocediendo oblicuamente con un curioso andar apresurado, con ocasionales sacudidas violentas hacia delante. En algún punto del camino comenzó un monólogo murmurado, protestas y recriminaciones.

«¡Diablo tonto!», dijo el marinero, con las piernas abiertas y los codos en alto, observando la figura que se alejaba. «¡Le enseñaré, asno tonto! Está aquí, en el periódico».

Mr. Marvel replicó incoherentemente y, retrocediendo, se ocultó por un recodo del camino, pero el marinero seguía parado, magnífico, en medio del camino, hasta que la aproximación de un carro de carnicero lo hizo correrse. Entonces se volvió hacia Port Stowe. «Lleno de asnos extra... ordinarios», se dijo en voz baja. «Sólo para subestimarme un poco... ése era su tonto juego... ¡Está en el periódico!».

Y había otra cosa extraordinaria que estaba a punto de oír, que había sucedido muy cerca de él. Y fue una visión de un «puño lleno de dinero» (nada menos) viajando sin agencia visible, junto al muro de la esquina de St. Michael's Lane. Un hermano marinero había visto esta maravillosa escena esa misma mañana. Se había lanzado sobre el dinero de inmediato y había sido golpeado de cabeza, y cuando se había puesto en pie el dinero mariposa se había desvanecido. Nuestro marinero estaba de humor para creer cualquier cosa, declaró, pero aquello era un poco demasiado. Después, sin embargo, empezó a recapacitar.

La historia del dinero volador era cierta. Y por todo aquel vecindario, incluso desde la augusta London and Country Banking Company, desde las cajas de las tiendas y las posadas —con las puertas totalmente abiertas aquel día soleado—, el dinero había estado escapando ese día silenciosa y diestramente en puñados y rollos, flotando tranquilamente junto a muros y lugares sombríos, esquivando rápidamente las miradas de los hombres que se acercaban. Y, aunque ningún hombre lo había rastreado, había terminado invariablemente su misterioso vuelo en el bolsillo de aquel agitado caballero del obsoleto sombrero de seda, sentado frente a la pequeña posada de las afueras de Port Stowe.

Fue diez días después —y, de hecho, sólo cuando la historia de Burdock ya era vieja— que el marinero cotejó estos hechos y empezó a comprender lo cerca que había estado del maravilloso Hombre Invisible.

A primera hora de la tarde, el Dr. Kemp estaba sentado en su estudio, en el mirador de la colina que domina Burdock. Era una habitación pequeña y agradable, con tres ventanas —norte, oeste y sur—, estanterías cubiertas de libros y publicaciones científicas, un gran escritorio y, bajo la ventana norte, un microscopio, portaobjetos de cristal, instrumentos diminutos, algunos cultivos y frascos de reactivos dispersos. La lámpara del Dr. Kemp estaba encendida, aunque el cielo aún brillaba con la luz del atardecer, y sus persianas estaban levantadas porque no había extraños mirones que exigieran bajarlas. El Dr. Kemp era un joven alto y delgado, con el pelo de lino y el bigote casi blanco, y el trabajo que estaba realizando le daría, esperaba, la membresía de la Royal Society, tan alta era su opinión sobre él.

Y sus ojos, apartándose en ese momento de su trabajo, captaron la puesta de sol resplandeciendo en la parte trasera de la colina que está frente a la suya. Durante un minuto tal vez permaneció sentado, con la pluma en la boca, admirando el rico color dorado por encima de la cresta, y entonces su atención se vio atraída por la pequeña figura de un hombre, negro como la tinta, que corría por la cresta de la colina hacia él. Era un hombrecillo bajo, llevaba un sombrero alto y corría tan deprisa que sus piernas en verdad titilaban.

«Otro de esos tontos», dijo el Dr. Kemp. «Como ese imbécil que se topó conmigo esta mañana al doblar una esquina, diciendo "¡Viene un Hombre In... visible, sir!". No puedo imaginar qué posee a la gente. Uno podría pensar que estamos en el siglo XIII».

Se levantó, se acercó a la ventana y se quedó mirando la oscura ladera y la pequeña y oscura figura que la desgarraba. «Parece tener mucha prisa», dijo el Dr. Kemp, «pero no parece avanzar. Si sus bolsillos estuvieran llenos de plomo, no podría correr más despacio».

«Acelere, sir», dijo el Dr. Kemp.

En un instante, la más alta de las villas que habían construido por la colina desde Burdock había ocultado la figura que corría. Volvió a ser visible un instante, y otra vez, y otra vez, tres veces entre las tres casas separadas que venían a continuación, y luego la terraza lo ocultó.

«¡Imbéciles!», dijo el Dr. Kemp, girando sobre sus talones y volviendo a su escritorio.

Pero los que vieron al fugitivo más cerca y percibieron el terror abyecto en su rostro sudoroso, estando ellos mismos en la calle, no compartieron el desprecio del doctor. El hombre rebotaba y, mientras corría, chirriaba como un monedero bien lleno que se agita de un lado a otro. No miraba ni a derecha ni a izquierda, sino que sus ojos dilatados miraban directamente cuesta abajo, hacia donde se encendían las lámparas y la gente se agolpaba en la calle. Y su boca mal formada se deshizo, y una espuma glacial se posó en sus labios, y su respiración se hizo ronca y ruidosa. Todos los que se cruzaron con él se detuvieron y empezaron a mirar hacia arriba y hacia abajo, y a interrogarse unos a otros con un atisbo de incomodidad por el motivo de su prisa.

Y entonces, de pronto, muy arriba en la colina, un perro que jugaba en el camino aulló y corrió bajo una verja, y mientras ellos seguían preguntándose algo —un viento, un pad, pad, pad—, un sonido como de respiración jadeante, pasó rápidamente.

La gente gritaba. La gente saltó de la acera: pasó entre gritos, pasó por instinto colina abajo. Gritaban en la calle antes de que Marvel estuviera a medio camino. Entraban corriendo en las casas y cerraban las puertas tras de sí, con la noticia. Lo oyó e hizo un último esfuerzo desesperado. El miedo pasó a zancadas, se le adelantó y en un momento se había apoderado de la ciudad.

«¡Viene el Hombre Invisible! ¡El Hombre Invisible!».

CAPÍTULO XVI — EN «LOS JUGADORES DE CRICKET»

«Los jugadores de cricket» está justo al pie de la colina, donde empiezan las líneas del tranvía. El tabernero apoyaba sus gordos brazos rojos en el mostrador y hablaba de caballos con un taxista anémico, mientras un hombre de barba negra y vestido de gris se zampaba galletas y queso, bebía Burton y conversaba en inglés americano con un policía fuera de servicio.

«¡A qué vienen esos gritos!», dijo el anémico taxista, saliendo por la tangente, intentando ver colina arriba por encima de la sucia persiana amarilla de la ventana baja de la posada. Alguien pasó corriendo por fuera. «Fuego, tal vez», dijo el tabernero.

Unos pasos se acercaron, corriendo pesadamente, la puerta se abrió de un violento empujón y Marvel, lloroso y despeinado, sin su sombrero y con el cuello de su abrigo desgarrado, entró corriendo, dio una vuelta convulsiva e intentó cerrar la puerta. Quedó abierta a medias por una correa.

«¡Ya viene!», gritó, su voz chillaba de terror. «¡Ya viene! ¡El Hombre Invisible! ¡Tras de mí! ¡Por el amor de Dios! ¡Ayuda! ¡Ayuda! ¡Ayuda!».

«Cierren las puertas», dijo el policía. «¿Quién viene? ¿Qué pasa?». Se acercó a la puerta, soltó la correa y ésta se cerró de golpe. El americano cerró la otra puerta.

«Déjenme entrar», dijo Marvel, tambaleándose y llorando, pero todavía agarrando los libros. «Déjenme entrar. Enciérrenme... en algún sitio. Les digo que me persigue. Me he escapado. Dijo que me mataría y lo hará».

«Está a salvo», dijo el hombre de la barba negra. «La puerta está cerrada. ¿De qué se trata?».

«Déjeme entrar», dijo Marvel, y chilló en voz alta cuando un golpe hizo temblar de repente la puerta cerrada y fue seguido por un golpe apresurado y un grito en el exterior. «Hola», gritó el policía, «¿quién está ahí?». Mr. Marvel empezó a hacer frenéticas zambullidas en los paneles que parecían puertas. «Me matará... tiene un cuchillo o algo así. Por el amor de Dios...!».

«Venga aquí», dijo el tabernero. «Entre aquí». Y levantó la trampa de la barra.

Mr. Marvel se precipitó detrás de la barra cuando se repitió la llamada en el exterior. «No abra la puerta», gritó. «Por favor, no abra la puerta. ¿Dónde me esconderé?».

«¿Este... este Hombre Invisible, entonces?», preguntó el hombre de la barba negra, con una mano detrás de él. «Supongo que ya es hora que lo veamos».

La ventana de la posada se rompió de repente y se oyeron gritos y carreras de un lado a otro en la calle. El policía había estado de pie en el sofá mirando hacia fuera, agachado para ver quién estaba en la puerta. Se bajó con las cejas levantadas. «Es ése», dijo. El tabernero se paró frente a la puerta del bar, que ahora estaba cerrada para Mr. Marvel, miró fijamente la ventana destrozada y se acercó a los otros dos hombres.

Todo quedó en silencio de repente. «Ojalá tuviera mi porra», dijo el policía, yendo irresoluto hacia la puerta. «En cuanto abramos, entrará. No hay quien le pare».

«No se dé demasiada prisa con esa puerta», dijo el taxista anémico, ansioso.

«Saquen los cerrojos», dijo el hombre de barba negra, «y si viene...». Mostró un revólver en la mano.

«Eso no servirá», dijo el policía; «eso es asesinato».

«Sé en qué país estoy», dijo el hombre de barba. «Voy a dispararle a las piernas. Saque los cerrojos».

«No con esa cosa parpadeante sonando detrás de mí», dijo el tabernero, inclinando la persiana.

«Muy bien», dijo el hombre de barba negra, y agachándose, con el revólver preparado, los corrió él mismo. Tabernero, taxista y policía miraron a su alrededor.

«Pasen», dijo el hombre de barba en voz baja, retrocediendo y mirando hacia las puertas sin cerrojo con su pistola a la espalda. Nadie entró, la puerta permaneció cerrada. Cinco minutos más tarde, cuando un segundo taxista asomó cautelosamente la cabeza, seguían esperando, y un rostro ansioso se asomó por la puerta del bar y proporcionó información. «¿Están cerradas todas las puertas de la casa?», preguntó Marvel. «Está dando vueltas, merodeando. Es astuto como el diablo».

«¡Dios santo!», dijo el fornido tabernero. «¡Ahí está en la parte de atrás! ¡Cuidado con las puertas! Yo digo...». Miró a su alrededor con impotencia. La puerta del bar se cerró de golpe y oyeron girar la llave. «Ahí está la puerta del patio y la puerta privada. La puerta del patio...».

Salió corriendo del bar.

En un minuto reapareció con un cuchillo de trinchar en la mano. «¡La puerta del patio estaba abierta!», dijo, y se le cayó el gordo labio inferior. «¡Puede que esté en la casa ahora!», dijo el primer taxista.

«No está en la cocina», dijo el tabernero. «Hay dos mujeres allí, y he apuñalado cada pulgada con este pequeño cortador de carne. Y no creen que haya entrado. No se han dado cuenta...».

«¿La ha asegurado?», preguntó el primer taxista.

«No puedo hacerlo todo», dijo el tabernero.

El hombre de barba volvió a colocarse el revólver. E incluso mientras lo hacía, la trampa de la barra se cerró y el cerrojo chasqueó, y entonces, con un tremendo ruido sordo, el pestillo de la puerta se rompió y la puerta del bar se abrió de golpe. Oyeron a Marvel chillar como un lebrato atrapado, e inmediatamente estaban trepando por la barra para rescatarlo. El revólver del hombre de barba sonó y el espejo del fondo del salón se estrelló y cayó estrepitosamente.

Cuando el tabernero entró en la habitación vio a Marvel, curiosamente arrugado y forcejeando contra la puerta que daba al patio y a la cocina. La puerta se abrió de golpe mientras el tabernero vacilaba, y Marvel fue arrastrado a la cocina. Se oyó un grito y un estrépito de cacerolas. Marvel, con la cabeza gacha y arrastrando la espalda obstinadamente, fue obligado a acercarse a la puerta de la cocina, y los cerrojos fueron echados.

Entonces el policía, que había estado intentando pasar al tabernero, se lanzó, seguido por uno de los taxistas, agarró la muñeca de la mano invisible que atrapaba a Marvel, recibió un golpe en la cara y retrocedió tambaleándose. La puerta se abrió y Marvel hizo un esfuerzo frenético por conseguir un lugar detrás de ella. Entonces el taxista agarró algo. «Lo tengo», dijo el taxista. Las manos rojas del tabernero se acercaron arañando lo invisible. «¡Aquí está!», dijo el tabernero.

Mr. Marvel, liberado, se tiró de repente al suelo e hizo un intento de arrastrarse por detrás de las piernas de los hombres que luchaban. El forcejeo se desvió hacia el borde de la puerta. La voz del Hombre Invisible se oyó por primera vez, gritando agudamente, cuando el policía le pisó el pie. Luego, gritó apasionadamente y repartía puñetazos. De repente, el taxista lanzó un grito y se dobló, con una patada bajo el diafragma. La puerta que daba al bar desde la cocina se cerró de golpe y cubrió la retirada de Mr. Marvel. Los hombres de la cocina se encontraron agarrando y luchando con el aire vacío.

«¿Adónde se ha ido?», gritó el hombre de barba. «¿Fuera?».

«Por aquí», dijo el policía, entrando en el patio y deteniéndose.

Un trozo de azulejo pasó zumbando por su cabeza y se estrelló entre la vajilla de la mesa de la cocina.

«Yo le enseñaré», gritó el hombre de barba negra, y de repente un cañón de acero brilló sobre el hombro del policía, y cinco balas se sucedieron en la penumbra de donde había salido el proyectil. Mientras disparaba, el hombre de barba movía la mano en una curva horizontal, de modo que sus disparos irradiaban hacia el estrecho patio como los radios de una rueda.

Siguió un silencio. «Cinco cartuchos», dijo el hombre de la barba negra. «Eso es lo mejor de todo. Cuatro ases y un comodín. Que alguien traiga una linterna y venga a buscar su cuerpo».

El Dr. Kemp había seguido escribiendo en su estudio hasta que los disparos le despertaron. Crack, crack, crack, se sucedían uno tras otro.

«¡Hola!», dijo el Dr. Kemp, llevándose de nuevo la pluma a la boca y escuchando. «¿Quién está disparando revólveres en Burdock? ¿A qué se dedican ahora los asnos?».

Se dirigió a la ventana sur, la levantó y, asomándose, contempló la red de ventanas, farolas de gas y tiendas, con sus negros intersticios de tejado y patio, que conformaban la ciudad por la noche. «Parece que hay una multitud colina abajo», dijo, «junto a "Los jugadores de cricket"», y se quedó observando. Luego sus ojos vagaron por la ciudad hasta muy lejos, donde brillaban las luces de los barcos y resplandecía el muelle, un pequeño pabellón iluminado y facetado como una gema de luz amarilla. La luna en su primer cuarto colgaba sobre la colina del oeste, y las estrellas eran claras y brillaban casi como si fuera el trópico.

Al cabo de cinco minutos, durante los cuales su mente había viajado a una remota especulación sobre las condiciones sociales del futuro y se había perdido por fin en la dimensión temporal, el Dr. Kemp se despertó con un suspiro, bajó de nuevo la ventanilla y regresó a su escritorio.

Debió de ser aproximadamente una hora después de esto cuando sonó el timbre de la puerta principal. Había estado escribiendo con desgano, y con intervalos de abstracción, desde los disparos. Se sentó a escuchar. Oyó que la criada abría la puerta y esperó sus pasos en la escalera, pero no llegó. «Me pregunto qué habrá sido», dijo el Dr. Kemp.

Intentó reanudar su trabajo, fracasó, se levantó, bajó de su estudio al rellano, tocó el timbre, y llamó por encima de la balaustrada a la criada cuando apareció en el vestíbulo de abajo. «¿Era una carta?», preguntó.

«Sólo alguien que tocó el timbre y corrió, sir», respondió ella.

«Esta noche estoy inquieto», se dijo. Volvió a su estudio y esta vez atacó su trabajo con decisión. Al poco rato estaba de nuevo trabajando duro, y los únicos sonidos en la habitación eran el tic tac del reloj y el tenue ruido de su pluma, que se daba prisa en el centro mismo del círculo de luz que su pantalla arrojaba sobre su mesa.

Eran las dos cuando el Dr. Kemp terminó su trabajo de la noche. Se levantó, bostezó y bajó a acostarse. Ya se había quitado el abrigo y el chaleco, cuando notó que tenía sed. Cogió una vela y bajó al comedor en busca de un sifón y whisky.

Las aficiones científicas del Dr. Kemp le han convertido en un hombre muy observador y, al volver a cruzar el vestíbulo, se fijó en una mancha oscura en el linóleo, cerca de la alfombrilla al pie de la escalera. Siguió subiendo y, de repente, se le ocurrió preguntarse qué podía ser esa mancha en el linóleo. Al parecer, algún elemento subconsciente estaba actuando. En cualquier caso, se volvió con su carga, regresó al vestíbulo, dejó el sifón y el whisky, y agachándose, tocó la mancha. Sin gran sorpresa, comprobó que tenía la pegajosidad y el color de la sangre seca.

Volvió a tomar su carga y regresó arriba, mirando a su alrededor y tratando de explicarse la mancha de sangre. En el rellano vio algo y se detuvo asombrado. El picaporte de la puerta de su propia habitación estaba manchado de sangre.

Se miró la mano. Estaba bastante limpia, y entonces recordó que la puerta de su habitación había estado abierta cuando bajó de su estudio, y que en consecuencia no había tocado el picaporte en absoluto. Entró directamente en su habitación, con el rostro bastante tranquilo, quizá un poco más resuelto de lo habitual. Su mirada, vagando inquisitivamente, se posó en la cama. Sobre el cubrecama había un amasijo de sangre, y la sábana se había rasgado. No había reparado en ello antes porque se había dirigido directamente al tocador. En el otro lado, las sábanas estaban deprimidas como si alguien hubiera estado recientemente sentado allí.

Entonces tuvo la extraña impresión de haber oído una voz grave que decía: «¡Santo cielo...! ¡Kemp!». Pero el Dr. Kemp no creía en voces.

Se quedó mirando las sábanas revueltas. ¿Era realmente una voz? Volvió a mirar a su alrededor, pero no vio nada más allá de la cama desordenada y manchada de sangre. Entonces oyó claramente un movimiento al otro lado de la habitación, cerca del lavabo. Todos los hombres, por muy educados que sean, conservan algunos presentimientos supersticiosos. La sensación que se caracteriza como «espeluznante» se apoderó de él. Cerró la puerta de la habitación, se acercó al tocador y dejó sus cargas. De repente, con un sobresalto, percibió una venda de trapo de lino enrollada y manchada de sangre que colgaba en el aire, entre él y el lavabo.

Se quedó mirando asombrado. Era una venda vacía, una venda correctamente atada pero bastante vacía. Habría avanzado para agarrarla, pero un toque le detuvo, y una voz que hablaba muy cerca de él.

«¡Kemp!», dijo la Voz.

«¿Eh?», dijo Kemp, con la boca abierta.

«Mantenga la calma», dijo la Voz. «Soy un Hombre Invisible».

Kemp no respondió durante un tiempo, simplemente se quedó mirando el vendaje. «El Hombre Invisible», dijo.

«Soy un Hombre Invisible», repitió la Voz.

La historia que había estado ridiculizando con energía sólo esa mañana se presentó en el cerebro de Kemp. No parece que se asustara mucho ni que se sorprendiera mucho en ese momento. La comprensión llegó más tarde.

«Pensé que todo era mentira», dijo. Lo que más le preocupaba eran los reiterados argumentos de la mañana. «¿Tiene una venda puesta?», preguntó.

«Sí», dijo el Hombre Invisible.

«¡Oh!», dijo Kemp, y luego se incorporó. «¡Ya lo creo!», dijo. «Pero esto es una tontería. Es algún truco». Dio un paso adelante de repente, y su mano, extendida hacia la venda, se encontró con unos dedos invisibles.

Retrocedió ante el contacto y su color cambió.

«¡Manténgase quieto, Kemp, por el amor de Dios! Quiero ayuda desesperadamente. ¡Alto!».

La mano le agarró el brazo. La golpeó.

«¡Kemp!», gritó la Voz. «¡Kemp! ¡Manténgase quieto!», y el agarre se tensó.

Un deseo frenético de liberarse se apoderó de Kemp. La mano del brazo vendado le agarró por el hombro, y de repente tropezó y fue arrojado hacia atrás sobre la cama. Abrió la boca para gritar y la esquina de la sábana se le introdujo entre los dientes. El Hombre Invisible le derribó con firmeza, pero sus brazos estaban libres y golpeó e intentó patear salvajemente.

«Atienda a mis razones, ¿quiere?», dijo el Hombre Invisible, pegándose a él a pesar de un golpe en las costillas. «¡Por Dios! ¡Me volverá loco en un minuto!».

«¡Quédese quieto, tonto!», gritó el Hombre Invisible al oído de Kemp.

Kemp forcejeó un momento más y luego se quedó quieto.

«Si grita, le parto la cara», dijo el Hombre Invisible, aliviándose la boca.

«Soy un Hombre Invisible. No es ninguna tontería, ni magia. Realmente soy un Hombre Invisible. Y quiero su ayuda. No quiero hacerle daño, pero si se comporta frenéticamente, debo hacerlo. ¿No me recuerda, Kemp? ¿Griffin, de University College?».

«Déjeme levantarme», dijo Kemp. «Me detendré donde estoy. Y déjeme sentarme en silencio un minuto».

Se sentó y se palpó el cuello.

«Soy Griffin, de University College, y me he hecho invisible. Sólo soy un hombre corriente —un hombre que usted ha conocido— hecho invisible».

«¿Griffin?», dijo Kemp.

«Griffin», respondió la Voz. Un estudiante más joven que usted, casi albino, de seis pies de altura, y bastante ancho, con la cara rosada y blanca y los ojos rojos, que ganó la medalla de química».

«Estoy confuso», dijo Kemp. «Mi cerebro está alborotado. ¿Qué tiene que ver esto con Griffin?».

«Yo soy Griffin».

Kemp meditó. «Es horrible», dijo. «¿Pero qué diabluras deben ocurrir para que un hombre se vuelva invisible?».

«No es ninguna diablura. Es un proceso, lo suficientemente cuerdo e inteligible...».

«¡Es horrible!», dijo Kemp. «¿Cómo demonios...?».

«Ya es bastante horrible. Pero estoy herido y dolorido, y cansado... ¡Santo Dios! Kemp, usted es todo un hombre. Tómelo con calma. Deme algo de comida y bebida, y déjeme sentarme aquí».

Kemp se quedó mirando la venda mientras se movía por la habitación, luego vio una silla de cesto arrastrada por el suelo y que se posaba cerca de la cama. Crujió, y el asiento se hundió un cuarto de pulgada, más o menos. Él se frotó los ojos y volvió a palparse el cuello. «Esto supera a los fantasmas», dijo, y se rió estúpidamente.

«Así está mejor. Gracias al cielo, se está volviendo sensato».

«O tonto», dijo Kemp, y entornó los ojos.

«Deme un poco de whisky. Estoy casi muerto».

«No me pareció así. ¿Dónde está? ¿Si me levanto me toparé con usted? ¡Ahí! ¿Whisky? Tome. ¿Dónde se lo doy?».

La silla crujió y Kemp sintió que el vaso se alejaba de él. Lo soltó con un esfuerzo; su instinto era el contrario. Se posó a veinte pulgadas por encima del borde delantero del asiento de la silla. Él se quedó mirándolo con infinita perplejidad. «Esto es —esto debe ser— hipnotismo. Me ha sugestionado a creer que es invisible».

«Tonterías», dijo la Voz.

«Es descabellado».

«Escúcheme».

«Esta mañana he demostrado de forma concluyente», comenzó a decir Kemp, «que la invisibilidad...».

«¡No importa lo que haya demostrado! Me muero de hambre», dijo la Voz, «y la noche es fría para un hombre sin ropa».

«¿Comida?», dijo Kemp.

El vaso de whisky se inclinó. «Sí», dijo el Hombre Invisible bajándolo de un golpe. «¿Tiene una bata?».

Kemp exclamó algo en voz baja. Se dirigió a un armario y sacó una bata de un sucio color escarlata. «¿Esto sirve?», preguntó. Se la quitaron de las manos. Colgó flácida un momento en el aire, revoloteó extrañamente, se abrochó completa y decorosamente y se sentó en su silla. «Calzones, calcetines, zapatillas serían muy cómodos», dijo el Invisible, secamente. «Y comida».

«Lo que quiera. ¡Pero esto es lo más loco que me ha sucedido en mi vida!».

Sacó los artículos de sus cajones y bajó a rebuscar en su despensa. Volvió con algunas chuletas frías y pan, acercó una mesa ligera y colocó todo ante su invitado. «No se preocupe por los cubiertos», dijo su visitante, y una chuleta quedó colgando en el aire, y se sintió roer.

«¡Invisible!», dijo Kemp, y se sentó en una silla del dormitorio.

«Siempre me gusta ponerme algo antes de comer», dijo el Hombre Invisible, con la boca llena, comiendo con avidez. «¡Es una manía!».

«Parece que la muñeca está bien», dijo Kemp.

«Confíe en mí», dijo el Hombre Invisible.

«De todo lo extraño y maravilloso...».

«Exacto. Pero es extraño que entrara en su casa para conseguir una venda. ¡Mi primer golpe de suerte! De todos modos tenía intención de dormir en esta casa esta noche. ¡Debe soportarlo! Es una molestia asquerosa que se me vea la sangre, ¿verdad? Menudo coágulo hay ahí. Se hace visible a medida que se coagula, por lo que veo. Es sólo el tejido vivo el que ha cambiado, y sólo durante el tiempo que estoy vivo... Llevo tres horas en la casa».

«¿Pero cómo es posible...?», comenzó a decir Kemp, en un tono de exasperación. «¡Diablos! Todo el asunto es irracional de principio a fin».

«Bastante razonable», dijo el Hombre Invisible. «Perfectamente razonable».

Se acercó y tomó la botella de whisky. Kemp se quedó mirando la bata que devoraba. Un rayo de luz de vela que penetraba por un desgarrón en el hombro derecho hacía un triángulo de luz bajo las costillas izquierdas. «¿Dónde fueron los disparos?», preguntó. «¿Cómo empezó el tiroteo?».

«Había un hombre muy tonto —una especie de cómplice mío—, ¡maldito sea!, que intentó robarme el dinero. De hecho lo hizo».

«¿Él también es invisible?».

«No.»

«¿Y bien?».

«¿No puedo comer algo más antes de contarle todo eso? Tengo hambre y dolor. ¡Y quiere que cuente historias!».

Kemp se levantó. «¿Usted no disparó?», preguntó.

«Yo no», dijo su visitante. «Un tonto que nunca había visto disparó al azar. Muchos se asustaron. Todos se asustaron conmigo. ¡Malditos sean...! Digo, quiero comer más que esto, Kemp».

«Veré qué hay para comer abajo», dijo Kemp. «No mucho, me temo».

Cuando terminó de comer, y lo hizo copiosamente, el Hombre Invisible exigió un puro. Mordió el extremo salvajemente antes de que Kemp pudiera encontrar un cuchillo, y maldijo cuando la hoja exterior se soltó. Era extraño verle fumar; su boca, y garganta, faringe y narinas, se hacían visibles como una especie de remolino de humo lanzado.

«¡Este bendito don de fumar!», dijo, y dio una vigorosa calada. «Tengo suerte de haber caído sobre usted, Kemp. Debe ayudarme. ¡Qué casualidad haber caído sobre usted justo ahora! Estoy en un aprieto endemoniado; creo que me he vuelto loco. ¡Las cosas por las que he pasado! Pero aún haremos cosas. Déjeme decirle...».

Se sirvió más whisky y soda. Kemp se levantó, miró a su alrededor y cogió un vaso de su habitación libre. «Es salvaje, pero supongo que puedo beber yo también».

«No ha cambiado mucho, Kemp, en estos doce años. Ustedes los rubios no lo hacen. Frío y metódico... después del primer colapso. Debo decírselo. ¡Trabajaremos juntos!».

«¿Pero cómo se hizo todo esto?», dijo Kemp, «¿y cómo se puso usted así?».

«¡Por el amor de Dios, déjeme fumar en paz un rato! Y entonces empezaré a contárselo».

Pero la historia no fue contada aquella noche. Al Hombre Invisible le dolía cada vez más la muñeca; estaba febril, agotado, y su mente volvía a cavilar sobre su persecución colina abajo y la lucha en torno a la posada. Hablaba en fragmentos de Marvel, fumaba más deprisa, su voz se volvió airada. Kemp intentó reunir lo que pudo.

«Me tenía miedo, podía ver que me tenía miedo», dijo el Hombre Invisible muchas veces. «Quería escaparse; ¡siempre estaba dando vueltas! ¡Qué tonto fui!».

«¡El canalla!».

«¡Debería haberle matado!».

«¿De dónde sacó el dinero?», preguntó Kemp, bruscamente.

El Hombre Invisible guardó silencio durante un tiempo. «No puedo decírselo esta noche», dijo.

Gimió de repente y se inclinó hacia delante, apoyando su cabeza invisible en unas manos invisibles. «Kemp», dijo, «llevo casi tres días sin dormir, salvo un par de cabezadas de una hora. Debo dormir pronto».

«Bueno, tenga mi habitación... tenga esta habitación».

«¿Pero cómo puedo dormir? Si duermo... se escapará. ¡Uf! ¿Qué importa?».

«¿Cuál es la herida del disparo?», preguntó Kemp, bruscamente.

«No es nada... un arañazo y sangre. ¡Oh, Dios! ¡Cómo quiero dormir!».

«¿Y por qué no?».

El Hombre Invisible parecía estar mirando a Kemp. «Porque tengo una particular objeción a ser atrapado por mis semejantes», dijo lentamente.

Kemp se sobresaltó.

«¡Qué tonto que soy!» dijo el Hombre Invisible, golpeando la mesa con brusquedad. «Le he metido la idea en la cabeza».

Agotado y herido como estaba el Hombre Invisible, se negó a aceptar la palabra de Kemp de que se respetaría su libertad. Examinó las dos ventanas del dormitorio, subió las persianas y abrió las hojas, para confirmar la afirmación de Kemp de que sería posible una retirada por ellas. Fuera la noche estaba muy tranquila y quieta, y la luna nueva se ponía sobre el valle. Luego examinó las llaves del dormitorio y de las dos puertas del vestidor, para convencerse de que también éstas podían ser una garantía de libertad. Finalmente se mostró satisfecho. Se puso de pie sobre la alfombra del hogar y Kemp oyó el sonido de un bostezo.

«Siento», dijo el Hombre Invisible, «no poder contarle todo lo que he hecho esta noche. Pero estoy agotado. Es grotesco, sin duda. ¡Es horrible! Pero créame, Kemp, a pesar de sus argumentos de esta mañana, es algo posible. He hecho un descubrimiento. Quería guardármelo para mí. No puedo. Debo tener un socio. Y usted... Podemos hacer estas cosas ... Pero mañana. Ahora, Kemp, siento que debo dormir o moriré».

Kemp se quedó de pie en medio de la habitación mirando la prenda sin cabeza. «Supongo que debo dejarle», dijo. «Es... increíble. Tres cosas sucediendo así, derribando todas mis ideas preconcebidas, me debería volver loco. ¡Pero es real! ¿Hay algo más que pueda ofrecerle?».

«Sólo deme las buenas noches», dijo Griffin.

«Buenas noches», dijo Kemp, y estrechó una mano invisible. Caminó de lado hacia la puerta. De repente, la bata caminó rápidamente hacia él. «¡Compréndame!», dijo la bata. «¡Ningún intento de obstaculizarme o capturarme! O...».

La cara de Kemp cambió un poco. «Pensé que le había dado mi palabra», dijo.

Kemp cerró la puerta suavemente tras de sí y la llave fue girada sobre él de inmediato. Entonces, mientras permanecía de pie con una expresión de pasivo asombro en el rostro, los rápidos pies llegaron a la puerta del vestidor y ésta también fue cerrada con llave. Kemp se golpeó la frente con la mano. «¿Estoy soñando? ¿Se ha vuelto loco el mundo... o me he vuelto loco yo?».

Se rió y puso la mano en la puerta cerrada. «¡Prohibida la entrada a mi propio dormitorio, por un flagrante absurdo!», dijo.

Caminó hasta la cabecera de la escalera, se giró y se quedó mirando las puertas cerradas. «Es un hecho», dijo. Se llevó los dedos al cuello ligeramente magullado. «¡Un hecho innegable!».

«Pero...».

Sacudió la cabeza sin esperanza, se dio la vuelta y bajó las escaleras.

Encendió la lámpara del comedor, sacó un puro y empezó a pasearse por la habitación, gesticulando. De vez en cuando discutía consigo mismo.

«¡Invisible!», dijo.

«¿Existen los animales invisibles...? En el mar, sí. Miles... millones. Todas las larvas, todos los pequeños nauplios y tornarias, todas las cosas microscópicas, las medusas. ¡En el mar hay más cosas invisibles que visibles! Nunca había pensado en ello. ¡Y en los estanques también! Todas esas pequeñas cosas de los estanques: ¡motas de gelatina incolora y translúcida! ¿Pero en el aire? ¡No!

«No puede ser».

«Pero después de todo... ¿por qué no?».

«Si un hombre estuviera hecho de cristal seguiría siendo visible».

Su meditación se hizo profunda. El grueso de tres cigarros había pasado a lo invisible o se había difuminado como una ceniza blanca sobre la alfombra antes de que volviera a hablar. Luego fueron meras exclamaciones. Se apartó, salió de la habitación y se dirigió a su pequeño consultorio y allí encendió el gas. Era una habitación pequeña, porque el Dr. Kemp no vivía de atender pacientes, y en ella estaban los periódicos del día. El periódico de la mañana yacía descuidadamente abierto y tirado a un lado. Lo cogió, le dio la vuelta y leyó el relato de una «Extraña historia de Iping» que el marinero de Port Stowe le había explicado tan penosamente a Mr. Marvel. Kemp la leyó rápidamente.

«¡Envuelto!», dijo Kemp. «¡Disfrazado! ¡Ocultándolo! "Nadie parece haberse enterado de su desgracia". ¿A qué demonios juega?».

Dejó caer el periódico y su ojo buscó. «¡Ah!», dijo, y cogió la *St. James' Gazette,* que yacía doblada tal como había llegado. «Ahora llegaremos a la verdad», dijo el Dr. Kemp. Abrió de un tirón el periódico; un par de columnas le hicieron frente. «Todo un pueblo de Sussex enloquece», decía el titular.

«¡Santo cielo!», dijo Kemp, leyendo con impaciencia un relato incrédulo de los sucesos de Iping, de la tarde anterior, que ya se han descrito. Sobre la hoja se había reimpreso el informe del periódico de la mañana.

Lo releyó. «Corrió por las calles golpeando a diestra y siniestra. Jaffers insensible. Mr. Huxter muy dolorido, aún incapaz de describir lo que vio. Dolorosa humillación... el vicario. Mujer enferma de terror. Ventanas destrozadas. Esta extraordinaria historia probablemente una invención. Demasiado buena para no imprimirla... *cum grano!*».

Dejó caer el periódico y se quedó allí, con la mirada perdida. «¡Probablemente sea una invención!».

Volvió a coger el periódico y releyó todo el asunto. «¿Pero cuándo entra el Vagabundo? ¿Por qué demonios perseguía a un vagabundo?».

Se sentó bruscamente en el banco quirúrgico. «No sólo es invisible», dijo, «¡sino que está loco! ¡Es homicida!».

Cuando el amanecer vino a mezclar su palidez con la luz de las lámparas y el humo de los puros del comedor, Kemp seguía paseándose arriba y abajo, intentando comprender lo increíble.

Estaba demasiado excitado como para dormir. Sus sirvientes, que bajaban somnolientos, lo descubrieron y se inclinaron a pensar que el exceso de estudio había obrado este mal en él. Les dio instrucciones extraordinarias pero bastante explícitas de que prepararan el desayuno para dos en el estudio del mirador y que luego se limitaran a estar en el sótano y la planta baja. Luego siguió paseándose por el comedor hasta que llegó el periódico de la mañana. Éste tenía mucho que decir y poco que contar, más allá de la confirmación de la noche anterior, y un relato muy mal escrito de otra notable historia de Port Burdock. Esto le dio a Kemp la esencia de los sucesos en «Los jugadores de cricket», y el nombre de Marvel. «Me ha hecho permanecer con él veinticuatro horas», testificó Marvel. Algunos hechos menores se añadieron a la historia de Iping, en particular el corte del cable telegráfico del pueblo. Pero no había nada que arrojara luz sobre la conexión entre el Hombre Invisible y el Vagabundo, ya que Mr. Marvel no había facilitado ninguna información sobre los tres libros ni sobre el dinero con el que estaba forrado. El tono incrédulo se había desvanecido y un cardumen de reporteros e indagadores ya estaba trabajando en la elaboración del asunto.

Kemp leyó cada trozo del informe y envió a su criada a por todos los periódicos matutinos que pudiera conseguir. Éstos también los devoró.

«¡Es invisible!», dijo. «¡Y parece una rabia que crece hasta la manía! ¡Las cosas que puede hacer! ¡Las cosas que puede hacer! Y está arriba, libre como el aire. ¿Qué demonios debo hacer?».

«Por ejemplo, ¿sería un quebrantamiento de la fe si...? No».

Se dirigió a un pequeño escritorio desordenado en un rincón y comenzó a escribir una nota. La rompió a medio escribir y escribió otra. La leyó por encima y la consideró. Luego cogió un sobre y lo dirigió al «Coronel Adye, Port Burdock».

El Hombre Invisible se despertó mientras Kemp hacía esto. Se despertó de mal humor, y Kemp, atento a cualquier ruido, oyó de pronto sus pies repiqueteando por el techo del dormitorio. Luego tiró una silla y destrozó el vaso del lavabo. Kemp se apresuró a subir las escaleras y golpeó con impaciencia.

«¿Qué ocurre?», preguntó Kemp, cuando el Hombre Invisible le dejó pasar.

«Nada», fue la respuesta.

«¡Pero, maldita sea! ¿El ruido?».

«Un ataque de mal genio», dijo el Hombre Invisible. «Olvidé este brazo; y me duele».

«Es bastante propenso a ese tipo de cosas».

«Lo soy».

Kemp cruzó la habitación y recogió los fragmentos de cristal roto. «Todos los hechos han salido a la luz sobre usted», dijo Kemp, poniéndose en pie con el pedazo de cristal en la mano; «todo lo que ocurrió en Iping y colina abajo. El mundo ha tomado conciencia de su ciudadano invisible. Pero nadie sabe que usted está aquí».

El Hombre Invisible maldijo.

«El secreto ha salido a la luz. Deduzco que era un secreto. No sé cuáles son sus planes, pero por supuesto estoy ansioso por ayudarle».

El Hombre Invisible se sentó en la cama.

«Arriba está el desayuno», dijo Kemp, hablando con la mayor naturalidad posible, y se alegró al ver que su extraño huésped se levantaba de buena gana. Kemp le guió por la estrecha escalera hasta el mirador.

«Antes de que podamos hacer nada más», dijo Kemp, «debo entender un poco más sobre esta invisibilidad suya». Se había sentado, tras una nerviosa mirada por la ventana, con el aire de un hombre que tiene que hablar. Sus dudas sobre la cordura de todo el asunto relampaguearon y volvieron a desvanecerse cuando miró hacia donde Griffin estaba sentado en la mesa del desayuno, una bata sin cabeza y sin manos, limpiándose los labios invisibles en una servilleta sostenida milagrosamente.

«Es bastante sencillo y creíble», dijo Griffin, dejando la servilleta a un lado y apoyando la cabeza invisible en una mano invisible.

«Sin duda, para usted, pero...», Kemp se rió.

«Bueno, sí; a mí me pareció maravilloso al principio, sin duda. Pero ahora, ¡gran Dios...! ¡Pero aún haremos grandes cosas! Primero, yo llegué a Chesilstowe».

«¿Chesilstowe?».

«Fui allí después de dejar Londres. ¿Sabe que dejé la medicina y me dediqué a la física? No; bueno, lo hice. La luz me fascinaba».

«¡Ah!».

«¡La densidad óptica! Todo el tema es una red de enigmas, una red a través de la que se vislumbran esquivas soluciones. Con sólo veintidós años y lleno de entusiasmo, me dije: "Dedicaré mi vida a esto. Esto merece la pena". ¿Sabe qué tontos somos a los veintidós años?».

«Tontos entonces o tontos ahora», dijo Kemp.

«¡Como si saber pudiera ser alguna satisfacción para un hombre!».

«Pero me puse a trabajar como un esclavo. Y apenas había trabajado y pensado en el asunto seis meses antes de que la luz atravesara una de las mallas de repente, ¡cegadoramente! Encontré un principio general de los pigmentos y la refracción: una fórmula, una expresión geométrica que implicaba cuatro dimensiones. Los tontos, los hombres comunes, incluso los matemáticos comunes, no saben nada de lo que puede significar alguna expresión general para el estudiante de física molecular. En los libros —los libros que ese vagabundo ha escondido— hay maravillas, ¡milagros! Pero esto no era un método, era una idea, que podría conducir a un método por el cual sería posible, sin cambiar ninguna otra propiedad de la materia —excepto, en algunos casos los colores—, bajar el índice de refracción de una sustancia, sólida o líquida, al del aire, en lo que respecta a todos los fines prácticos».

«¡Uf!», dijo Kemp. «¡Qué raro! Pero aun así no lo veo del todo... Puedo entender que con ello se estropee una piedra valiosa, pero la invisibilidad personal está muy lejos».

«Precisamente», dijo Griffin. «Pero considere que la visibilidad depende de la acción de los cuerpos visibles sobre la luz. O un cuerpo absorbe la luz, o la refleja o la refracta, o hace todas estas cosas. Si no refleja ni refracta ni absorbe la luz, no puede ser visible por sí mismo. Usted ve una caja roja opaca, por ejemplo, porque el color absorbe parte de la luz y refleja el resto, toda la parte roja de la luz, hacia usted. Si no absorbiera ninguna parte concreta de la luz, sino que la reflejara toda, entonces sería una caja blanca brillante. De plata. Una caja de diamante no absorbería gran parte de la luz ni reflejaría mucho de la superficie general, pero justo aquí y allá donde las superficies fueran favorables la luz se reflejaría y refractaría, de modo que usted obtendría un aspecto brillante de reflejos y translucencias intermitentes, una especie de esqueleto de luz. Una caja de cristal no sería tan brillante, ni tan claramente visible, como una caja de diamantes, porque habría menos refracción y reflexión. ¿Lo ve? Desde ciertos puntos de vista se vería con bastante claridad a través de ella. Algunos tipos de vidrio serían más visibles que otros, una caja de vidrio de pedernal sería más brillante que una caja de vidrio común de ventana. Una caja de vidrio común muy fino sería difícil de ver con mala luz, porque apenas absorbería luz y refractaría y reflejaría muy poca. Y si pusiera una hoja de vidrio blanco común en agua, más aún si la pusiera en algún líquido más denso que el agua, se desvanecería casi por completo, porque la luz que pasa del agua al vidrio sólo se refracta o refleja ligeramente o, de hecho, se ve afectada de alguna manera. Es casi tan invisible como lo es un chorro de gas de carbón o de hidrógeno en el aire. ¡Y precisamente por la misma razón!».

«Sí», dijo Kemp, «eso es bastante sencillo».

«Y aquí hay otro hecho que usted sabrá que es cierto. Si una lámina de vidrio se rompe, Kemp, y se la bate hasta convertirla en polvo, se hace mucho más visible mientras está en el aire; al final se convierte en un polvo blanco opaco. Esto se debe a que el pulverizado multiplica las superficies del cristal en las que se producen la refracción y la reflexión. En la hoja de vidrio sólo hay dos superficies; en el polvo la luz se refleja o refracta en cada grano que atraviesa, y muy poca llega a atravesar el polvo. Pero si el vidrio blanco en polvo se introduce en agua, desaparece inmediatamente. El vidrio en polvo y el agua tienen prácticamente el mismo índice de refracción; es decir, la luz sufre muy poca refracción o reflexión al pasar de uno a otro.

«Se hace invisible el vidrio poniéndolo en un líquido de casi el mismo índice de refracción; una cosa transparente se hace invisible si se pone en cualquier medio de casi el mismo índice de refracción. Y si lo considera sólo un segundo, verá también que se podría hacer desaparecer el polvo de vidrio en el aire, si se pudiera hacer que su índice de refracción fuera el mismo que el del aire; porque entonces no habría refracción ni reflexión cuando la luz pasara del vidrio al aire».

«Sí, sí», dijo Kemp. «¡Pero un hombre no es vidrio en polvo!».

«No», dijo Griffin. «¡Es más transparente!».

«¡Tonterías!».

«¡Eso viniendo de un médico! ¡Cómo se olvida uno! ¿Ha olvidado ya su física, en diez años? Piense en todas las cosas que son transparentes y parecen no serlo. El papel, por ejemplo, está hecho de fibras transparentes, y es blanco y opaco sólo por la misma razón que un polvo de vidrio es blanco y opaco. Ponga aceite al papel blanco, llene de aceite los intersticios entre las partículas para que ya no haya refracción ni reflexión excepto en las superficies, y se volverá tan transparente como el vidrio. Y no sólo el papel, sino también la fibra de algodón, la fibra de lino, la fibra de lana, la fibra leñosa, y el hueso, Kemp, la carne, Kemp, el pelo, Kemp, las uñas y los nervios, Kemp, de hecho todo el tejido de un hombre excepto el rojo de su sangre y el pigmento negro del pelo, todo está formado por tejido transparente e incoloro. Tan poco basta para hacernos visibles unos a otros. En su mayor parte, las fibras de un ser vivo no son más opacas que el agua».

«¡Santo cielo!», gritó Kemp. «¡Por supuesto, por supuesto! ¡Anoche pensaba en las larvas de mar y en todas las medusas!».

«¡Ahora me tiene a mí! Y todo lo que sabía y tenía en mente un año después de dejar Londres, hace seis años. Pero me lo guardé para mí. Tuve que hacer mi trabajo bajo desventajas espantosas. Oliver, mi profesor, era un chapucero científico, un periodista por instinto, un ladrón de ideas: ¡siempre estaba fisgoneando! Y ya conoce el sistema mañoso del mundo científico. Simplemente no quise publicar y dejarle compartir mi mérito. Seguí trabajando; cada vez estaba más cerca de convertir mi fórmula en un experimento, en una realidad. No se lo conté a nadie, porque pretendía lanzar mi trabajo al mundo con un efecto aplastante y hacerme famoso de golpe. Retomé la cuestión de los pigmentos para llenar ciertos vacíos. Y de repente, no por designio sino por accidente, hice un descubrimiento en fisiología».

«¿Sí?».

«Usted conoce la materia colorante roja de la sangre; ¡puede volverse blanca —incolora— y permanecer con todas las funciones que tiene ahora!».

Kemp lanzó un grito de asombro incrédulo.

El Hombre Invisible se levantó y comenzó a pasearse por el pequeño estudio. «Bien puede exclamar. Recuerdo aquella noche. Era tarde por la noche —durante el día a uno le molestaban los estudiantes boquiabiertos y tontos— y trabajaba entonces a veces hasta el amanecer. Llegó de repente, espléndido y completo en mi mente. Yo estaba solo; el laboratorio estaba quieto, con las altas luces encendidas brillante y silenciosamente. En todos mis grandes momentos he estado solo. "¡Uno podría hacer que un animal —un tejido— fuera transparente! ¡Uno podría hacerlo invisible! Todo excepto los pigmentos: ¡podría ser invisible!", dije, dándome cuenta de repente de lo que significaba ser albino con semejantes conocimientos. Era abrumador. Dejé el filtrado que estaba haciendo y me fui a mirar las estrellas por la gran ventana. "¡Podría ser invisible!", repetí.

«Hacer tal cosa sería trascender la magia. Y contemplé, despejado de dudas, una visión magnífica de todo lo que la invisibilidad podría significar para un hombre: el misterio, el poder, la libertad. Inconvenientes no vi ninguno. Sólo hay que pensar. Y yo, un realizador destartalado, sumido en la pobreza, enseñando a tontos en un colegio de provincia, podría convertirme de repente en esto. Le pregunto, Kemp si usted... Cualquiera, le digo, se habría lanzado a esa investigación. Y trabajé tres años, y cada montaña de dificultad sobre la que me afanaba mostraba otra desde su cima. ¡Los infinitos detalles! ¡Y la exasperación! Un profesor, un profesor provinciano, siempre fisgoneando. "¿Cuándo va a publicar esta obra suya?", era su eterna pregunta. Y los estudiantes, ¡los escasos medios! Tres años tuve de ello...

«Y después de tres años de secretismo y exasperación, descubrí que completarlo era imposible... imposible».

«¿Por qué?», preguntó Kemp.

«Dinero», dijo el Hombre Invisible, y se fue de nuevo a mirar por la ventana.

Se dio la vuelta bruscamente. «Robé al viejo... robé a mi padre.

«El dinero no era suyo y se pegó un tiro».

Durante un momento, Kemp permaneció sentado en silencio, contemplando la espalda de la figura sin cabeza en la ventana. Luego se puso en marcha, se le vino un pensamiento a la cabeza, se levantó, cogió del brazo al Hombre Invisible y lo apartó de la ventana.

«Está cansado», dijo, «y mientras yo estoy sentado, usted pasea. Tome mi silla».

Se colocó entre Griffin y la ventana más cercana.

Griffin permaneció en silencio durante un tiempo y luego continuó bruscamente:

«Ya había dejado la casa de campo de Chesilstowe», dijo, «cuando ocurrió aquello. Fue en diciembre pasado. Había cogido una habitación en Londres, una gran habitación sin amueblar en una gran casa de huéspedes mal gestionada en un tugurio cerca de Great Portland Street. La habitación pronto se llenó de los aparatos que había comprado con el dinero de él; el trabajo avanzaba con paso firme, con éxito, acercándose a su fin. Era como un hombre que sale de una espesura y de repente se encuentra con una tragedia sin sentido. Fui a enterrarlo. Mi mente seguía ocupada en esta investigación, y no moví un dedo para salvar su honor. Recuerdo el funeral, el coche fúnebre barato, la escasa ceremonia, la ladera azotada por el viento y la escarcha, y al viejo amigo suyo de la universidad que leyó el oficio religioso por él: un viejo harapiento, vestido de negro y encorvado, con un resfrío que le daba a uno escalofríos.

«Recuerdo que volví caminando a la casa vacía, a través del lugar que una vez había sido un pueblo y que ahora estaba remendado y modificado por los albañiles hasta convertirlo en la fea semejanza de una ciudad. Por todas partes los caminos desembocaban al fin en los campos profanados y terminaban en montones de escombros y maleza húmeda y rancia. Me recuerdo a mí mismo como una enjuta figura negra, yendo por la resbaladiza y brillante acera, y la extraña sensación de desapego que sentía por la escuálida respetabilidad, el sórdido comercialismo del lugar.

«No sentí ni un poco de lástima por mi padre. Me parecía víctima de su propio sentimentalismo insensato. La hipocresía requería mi asistencia a su funeral, pero en realidad no era asunto mío.

«Pero yendo por High Street, mi antigua vida volvió a mí por un momento, pues me encontré con la chica que había conocido hacía diez años. Nuestros ojos se encontraron.

«Algo me movió a volverme y hablar con ella. Era una persona muy corriente.

«Fue todo como un sueño, aquella visita a los viejos lugares. No sentí en ese momento que estaba solo, que había salido del mundo a un lugar desolado. Apreciaba mi pérdida de simpatía, pero lo achacaba a la inanidad general de las cosas. Volver a entrar en mi habitación parecía la recuperación de la realidad. Allí estaban las cosas que conocía y amaba. Allí estaban los aparatos, los experimentos dispuestos y esperando. Y ahora apenas quedaba una dificultad, más allá de la planificación de los detalles.

«Le contaré, Kemp, tarde o temprano, todos los procesos complicados. No necesitamos entrar en eso ahora. En su mayor parte, salvando ciertas lagunas que decidí recordar, están escritos en clave en esos libros que ese vagabundo ha escondido. Debemos darle caza. Debemos recuperar esos libros. Pero la fase esencial consistía en colocar el objeto transparente cuyo índice de refracción había que bajar entre dos centros irradiantes de una especie de vibración etérea, de la que le hablaré con más detalle más adelante. No, no esas vibraciones de Röntgen... no sé si se han descrito estas otras mías. Sin embargo, son suficientemente evidentes. Necesitaba dos pequeñas dinamos, y éstas las hice funcionar con un motor de gas barato. Mi primer experimento fue con un poco de tela de lana blanca. Fue la cosa más extraña del mundo verla en el parpadeo de los destellos suaves y blancos, y luego verla desvanecerse como una corona de humo y desaparecer.

«Apenas podía creer que lo hubiera hecho. Metí la mano en el vacío, y allí estaba la cosa tan sólida como siempre. La palpé con torpeza y la tiré al suelo. Me costó un poco volver a encontrarla.

«Y entonces pasó una curiosa experiencia. Oí un maullido detrás de mí y, al volverme, vi a un gato blanco y delgado, muy sucio, sobre la tapa de la cisterna, fuera de la ventana. Me vino una idea a la cabeza. "Todo listo para ti", dije, y fui a la ventana, la abrí y llamé suavemente. Entró ronroneando —la pobre bestia estaba hambrienta— y le di un poco de leche. Toda mi comida estaba en un armario en la esquina de la habitación. Después se puso a olisquear la habitación, evidentemente con la idea de ponerse cómodo. El trapo invisible la molestó un poco; ¡habría que haberla visto escupirle! Pero lo acomodé en la almohada de mi cama. Y le di mantequilla para que se lavara por dentro».

«¿Y usted lo procesó?».

«Lo procesé. ¡Pero darle drogas a un gato no es ninguna broma, Kemp!

Y el proceso falló».

«¡Falló!».

«En dos particulares. En las garras y la materia pigmentaria, ¿cómo se llama...? En la parte posterior del ojo en un gato. ¿Sabe?».

«Tapetum».

«Sí, el tapetum. No se fue. Después de haberle dado el material para blanquear la sangre y haberle hecho otras cosas, le di opio a la bestia, y la puse a ella y a la almohada sobre la que dormía, en el aparato. Y después de que todo el resto hubiera desaparecido y se hubiera desvanecido, quedaron dos pequeños fantasmas de sus ojos».

«¡Qué raro!».

«No puedo explicarlo. Estaba vendado y sujeto, por supuesto, así que lo tenía a salvo; pero se despertó cuando aún estaba en medio de la bruma, y maulló desconsoladamente, y alguien llamó a la puerta. Era una anciana del piso de abajo, que sospechaba que yo estaba practicando una vivisección —una vieja criatura empapada de bebida, con sólo un gato blanco al que cuidar en todo el mundo. Saqué un poco de cloroformo, lo apliqué y abrí la puerta. "¿He oído un gato?", preguntó. "¿Mi gato?". "Aquí... no", dije yo, muy educadamente. Ella dudaba un poco y trató de atisbar más allá de mí en la habitación; era bastante extraña para ella sin duda: paredes desnudas, ventanas sin cortinas, camilla, con el motor de gas vibrando, y el hervor de los puntos radiantes, y ese débil y espantoso escozor del cloroformo en el aire. Al final tuvo que darse por satisfecha y se marchó».

«¿Cuánto tiempo tardó?», preguntó Kemp.

«Tres o cuatro horas... el gato. Los huesos y tendones y la grasa fueron los últimos en irse, así como las puntas de los pelos coloreados. Y, como digo, la parte posterior del ojo, dura, iridiscente que es, no se iba en absoluto.

«Fuera, era de noche mucho antes de que terminara el asunto, y no se veía nada más que los ojos oscuros y las garras. Paré el motor de gasolina, palpé y acaricié a la bestia, que seguía insensible, y luego, cansado, la dejé durmiendo sobre la almohada invisible y me fui a la cama. Me resultó difícil dormir. Me quedé despierto pensando en débiles cosas sin rumbo, repasando el experimento una y otra vez, o soñando febrilmente con cosas que se empañaban y desaparecían a mi alrededor, hasta que todo, el suelo que pisaba, se desvaneció, y así llegué a esa enfermiza pesadilla que uno tiene, donde uno se siente caer. Hacia las dos, el gato empezó a maullar por la habitación. Intenté acallarlo hablándole, y entonces decidí acabar con esto. Recuerdo el susto que me llevé al encender una luz: sólo estaban los ojos redondos que brillaban, verdes, y nada alrededor de ellos. Le habría dado leche, pero no tenía. No se callaba, se sentaba y maullaba en la puerta. Intenté cogerlo, con la idea de sacarlo por la ventana, pero no se dejó coger, desapareció. Luego empezó a maullar en diferentes partes de la habitación. Por fin abrí la ventana y armé jaleo. Supongo que al final salió. Nunca más le vi.

«Entonces —sabe Dios por qué—, volví a pensar en el funeral de mi padre y en la lúgubre ladera ventosa, hasta que llegó el día. Me pareció que dormir era inútil y, cerrando la puerta tras de mí, salí a las calles de la mañana».

«¡No querrá decir que hay un gato invisible suelto!», dijo Kemp.

«Si no lo han matado», dijo el Hombre Invisible. «¿Por qué no?».

«¿Por qué no?», dijo Kemp. «No quería interrumpir».

«Es muy probable que lo hayan matado», dijo el Hombre Invisible. «Estaba vivo cuatro días después, lo sé, y en una reja de Great Titchfield Street; porque vi una multitud alrededor del lugar, tratando de ver de dónde venía el maullido».

Permaneció en silencio durante la mayor parte de un minuto. Luego continuó bruscamente:

«Recuerdo muy vívidamente aquella mañana antes del cambio. Debí de subir por Great Portland Street. Recuerdo los barracones de Albany Street, y a los soldados a caballo saliendo, y por fin llegué a la cima de Primrose Hill. Era un día soleado de enero, uno de esos días soleados y helados que precedieron a la nieve este año. Mi cansado cerebro trató de determinar la posición, de trazar un plan de acción.

«Me sorprendió descubrir, ahora que mi premio estaba a mi alcance, lo inconclusa que parecía su consecución. De hecho, estaba agotado; la intensa tensión de casi cuatro años de trabajo continuo me dejó incapaz de cualquier fuerza de sentimiento. Estaba apático, e intenté en vano recuperar el entusiasmo de mis primeras indagaciones, la pasión del descubrimiento que me había permitido incorporar incluso la caída de las canas de mi padre. Nada parecía importar. Vi con bastante claridad que se trataba de un estado de ánimo pasajero, debido al exceso de trabajo y a la falta de sueño, y que ya fuera con fármacos o con descanso sería posible recuperar mis energías.

«Todo lo que podía pensar con claridad era que había que llevarlo a cabo; la idea fija seguía dominándome. Y pronto, pues el dinero que tenía estaba casi agotado. Miré a mi alrededor, a la ladera de la colina, con los niños jugando y las niñas observándolos, e intenté pensar en todas las fantásticas ventajas que un hombre invisible tendría en el mundo.

Al cabo de un rato me arrastré hasta casa, tomé algo de comida y una fuerte dosis de estricnina, y me fui a dormir con la ropa puesta en mi cama deshecha. La estricnina es un gran tónico, Kemp, para quitar la flacidez de un hombre».

«Es el diablo», dijo Kemp. «Es el paleolítico en una botella».

«Me desperté muy vigorizado y bastante irritable. ¿Sabe?».

«Conozco la sustancia».

«Y alguien llamó a la puerta. Era mi casero con amenazas y preguntas, un viejo judío polaco con un largo abrigo gris y zapatillas grasientas. Yo había estado atormentando a un gato por la noche, él estaba seguro... la lengua de la vieja había estado ocupada. Insistió en saberlo todo. Las leyes en este país contra la vivisección eran muy severas —él podría ser responsable—. Yo negué lo del gato. Pero entonces... la vibración del pequeño motor de gas se podía sentir en toda la casa, dijo. Eso era cierto, con seguridad. Miró la habitación, echando un vistazo por encima de sus gafas de plata alemana, y de repente me asaltó el temor de que pudiera aprender algo de mi secreto. Intenté mantenerme entre él y el aparato concentrador que había dispuesto, y eso sólo le despertó más curiosidad. ¿Qué estaba haciendo? ¿Por qué estaba siempre solo y en secreto? ¿Era legal? ¿Era peligroso? Yo no hacía más que pagar el alquiler habitual. La suya siempre había sido una casa de lo más respetable, en un barrio de mala reputación. De repente mi temperamento cedió. Le dije que se fuera. Él empezó a protestar, a parlotear sobre su derecho de entrada. En un momento lo tenía agarrado por el cuello; algo se rasgó y él salió dando vueltas hacia su propio pasillo. Cerré la puerta de golpe y me senté temblando.

«Él hizo un escándalo fuera, al que yo hice caso omiso, y al cabo de un rato se marchó.

«Pero esto llevó las cosas a una crisis. No sabía lo que haría, ni siquiera lo que tenía poder para hacer. Mudarme a nuevos apartamentos habría supuesto un retraso; en total, apenas me quedaban veinte libras en el mundo, la mayor parte en un banco... y no podía permitírmelo. ¡Desaparecer! Era irresistible. Luego habría una investigación, el saqueo de mi habitación.

«Al pensar en la posibilidad de que mi trabajo se viera expuesto o interrumpido en su punto álgido, me puse furioso y activo. Me apresuré a salir con mis tres talonarios de billetes, mi talonario de cheques —el vagabundo los tiene ahora— y los dirigí desde la Oficina de Correos más cercana a una casa de guardia para cartas y paquetes en Great Portland Street. Intenté salir sin hacer ruido. Al entrar, encontré a mi casero subiendo sigilosamente; había oído cerrarse la puerta, supongo. Se habría reído de verle saltar a un lado en el rellano cuando llegué corriendo tras él. Me fulminó con la mirada cuando pasé a su lado, yo hice temblar la casa con el portazo que di. Le oí llegar arrastrando los pies hasta mi piso, vacilar y bajar. Me puse a trabajar de inmediato en mis preparativos.

«Todo fue hecho aquella tarde y noche. Mientras aún estaba sentado bajo la influencia enfermiza y somnolienta de las drogas que decoloran la sangre, se oyeron repetidos golpes en la puerta. Cesó... unos pasos se alejaron y volvieron, y se reanudaron los golpes. Hubo un intento de empujar algo por debajo de la puerta: un papel azul. Entonces, en un arrebato de irritación, me levanté y fui a abrir la puerta de par en par. "¿Y ahora qué?", dije.

«Era mi casero, con un aviso de evicción o algo así. Me lo tendió, vio algo raro en mis manos, supongo, y levantó los ojos hacia mi cara.

«Durante un momento se quedó boquiabierto. Luego lanzó una especie de grito inarticulado, dejó caer la vela y el escrito al mismo tiempo, y se fue dando tumbos por el oscuro pasadizo hacia la escalera. Cerré la puerta con llave y me acerqué al espejo. Entonces comprendí su terror... Yo tenía la cara blanca, como la piedra blanca.

«Pero todo fue horrible. No me esperaba tanto sufrimiento. Una noche de angustia desgarradora, enfermedades y desmayos. Apreté los dientes, aunque mi piel ardía en seguida, todo mi cuerpo ardía; yo yacía allí como una muerte sombría. Ahora comprendía cómo era que el gato había aullado hasta que le di cloroformo. Por suerte yo vivía solo y no tenía sirvientes en mi habitación. Hubo momentos en que sollozaba, gemía y hablaba. Pero lo soporté... Me quedé insensible y me desperté lánguido en la oscuridad.

«El dolor había pasado. Pensé que me estaba matando y no me importó. Nunca olvidaré aquel amanecer, y el extraño horror de ver que mis manos se habían vuelto como cristal empañado, y de observar cómo se hacían más claras y más delgadas a medida que pasaba el día, hasta que por fin pude ver el enfermizo desorden de mi habitación a través de ellas, aunque cerraba mis párpados transparentes. Mis miembros se volvieron vidriosos, los huesos y las arterias se desvanecieron, desaparecieron, y los pequeños nervios blancos pasaron a mejor vida. Apreté los dientes y permanecí allí hasta el final. Al final sólo quedaron las puntas muertas de las uñas, pálidas y blancas, y la mancha marrón de algún ácido sobre mis dedos.

«Me levanté con dificultad. Al principio era tan incapaz como un bebé envuelto en pañales... caminaba con extremidades que no podía ver. Estaba débil y muy hambriento. Me quedé mirando la nada en mi espejo de afeitar, la nada salvo donde aún quedaba un pigmento atenuado detrás de la retina de mis ojos, más tenue que la niebla. Tuve que agarrarme a la mesa y apretar la frente contra el espejo.

«Sólo con un frenético esfuerzo de voluntad me arrastré de nuevo hasta el aparato y completé el proceso.

«Dormí durante la mañana, tapándome los ojos con la sábana para que no entrara la luz, y hacia el mediodía me despertaron de nuevo unos golpes. Mis fuerzas habían vuelto. Me incorporé, escuché y oí un susurro. Me puse en pie de un salto y, tan silenciosamente como me fue posible, comencé a soltar las conexiones de mi aparato y a distribuirlo por la habitación para destruir las sugestiones de su disposición. En seguida se reanudaron los golpes y se oyeron voces, primero la de mi casero y luego otras dos. Para ganar tiempo les contesté. Tuve a mano el trapo invisible y la almohada, abrí la ventana y los arrojé sobre la cubierta de la cisterna. Al abrir la ventana, se oyó un fuerte golpe en la puerta. Alguien había cargado contra ella con la idea de destrozar la cerradura. Pero los robustos cerrojos que yo había atornillado unos días antes se lo impidieron. Aquello me sobresaltó, me enfureció. Empecé a temblar y a hacer las cosas apresuradamente.

«Junté algunos papeles sueltos, paja, papel de embalar, etc., en medio de la habitación, y encendí el gas. Empezaron a sentirse fuertes golpes sobre la puerta. No encontraba las cerillas. Golpeé las manos contra la pared con rabia. Volví a bajar el gas, salí por la ventana de la cubierta de la cisterna, bajé muy suavemente la hoja y me senté, seguro e invisible, pero temblando de rabia, a observar los acontecimientos. Vi que partían un panel, e inmediatamente habían arrancado las grapas de los cerrojos y estaban de pie en la puerta abierta. Eran el casero y sus dos hijastros, jóvenes robustos de veintitrés o veinticuatro años. Detrás de ellos revoloteaba la vieja bruja del piso de abajo.

«Pueden imaginarse su asombro al encontrar la habitación vacía. Uno de los hombres más jóvenes corrió enseguida hacia la ventana, la levantó y se quedó mirando hacia fuera. Sus ojos fijos y su rostro barbudo de labios gruesos quedaron a un palmo de mi cara. Estuve a punto de golpear su tonto semblante, pero detuve mi puño doblado. Me atravesó con la mirada. Lo mismo hicieron los demás cuando se le unieron. El viejo fue a echar un vistazo debajo de la cama y luego todos corrieron hacia el armario. Discutieron largo y tendido en yiddish y en inglés cockney. Llegaron a la conclusión de que no les había contestado, que su imaginación les había engañado. Un sentimiento de extraordinaria euforia ocupó el lugar de mi enfado mientras me sentaba frente a la ventana y observaba a estas cuatro personas, pues la anciana entró mirando sospechosamente a su alrededor como un gato, intentando comprender el enigma de mi comportamiento.

«El anciano, hasta donde pude entender su *patois,* coincidió con la anciana en que yo era un vivieseccionista. Los hijos protestaron en un inglés confuso, diciendo que yo era electricista, y apelaron a las dinamos y los radiadores. Todos estaban nerviosos por mi llegada, aunque posteriormente descubrí que habían echado el cerrojo a la puerta principal. La anciana se asomó al armario y debajo de la cama, y uno de los jóvenes miró por la chimenea. Uno de mis compañeros de alojamiento, un vendedor ambulante que compartía la habitación de enfrente con un carnicero, apareció en el rellano, le llamaron y le dijeron cosas incoherentes.

«Se me ocurrió que los radiadores, si caían en manos de alguien inteligente y bien educado, me delatarían demasiado, y viendo mi oportunidad, entré en la habitación e incliné una de las pequeñas dinamos de su compañero sobre el que estaba de pie, y destrocé ambos aparatos. Luego, mientras intentaban explicar el destrozo, me escabullí de la habitación y bajé suavemente las escaleras.

«Fui a uno de los salones y esperé a que bajaran, todavía especulando y discutiendo, todos un poco decepcionados por no encontrar "horrores", y todos un poco desconcertados preguntándose cuál era su posición legal frente a mí. Entonces me deslicé de nuevo con una caja de cerillas, encendí mi montón de papel y basura, puse las sillas y la ropa de cama en su sitio, conduje el gas al asunto, por medio de un tubo de goma india, y despidiéndome de la habitación la abandoné por última vez».

«¡Prendió fuego la casa!», exclamó Kemp.

«Prendí fuego la casa. Era la única forma de cubrir mi rastro, y sin duda estaba asegurada. Corrí los cerrojos de la puerta principal sin hacer ruido y salí a la calle. Yo era invisible, y apenas empezaba a darme cuenta de la extraordinaria ventaja que me proporcionaba mi invisibilidad. Mi cabeza ya bullía con planes de todas las cosas salvajes y maravillosas que ahora tenía impunidad para hacer».

CAPÍTULO XXI — EN OXFORD STREET

«Al bajar las escaleras por primera vez me encontré con una dificultad inesperada porque no veía mis pies; de hecho, tropecé dos veces, y cometí una torpeza desacostumbrada al agarrar el cerrojo. Sin embargo, al no mirar hacia abajo, conseguí caminar a nivel pasablemente bien.

«Mi estado de ánimo, ya digo, era de exaltación. Me sentía como podría sentirse un hombre vidente, con pies acolchados y ropas silenciosas, en una ciudad de ciegos. Experimenté un impulso salvaje de bromear, de sobresaltar a la gente, de dar palmadas en la espalda a los hombres, de tirar por tierra los sombreros de la gente y, en general, de deleitarme con mi extraordinaria ventaja.

«Sin embargo, apenas había salido a Great Portland Street (mi alojamiento estaba cerca de la gran tienda de blanco que había allí), cuando oí un golpe seco y me golpearon violentamente por detrás, y al volverme vi a un hombre que llevaba una cesta de sifones de agua de soda y miraba asombrado su carga. Aunque el golpe me había herido en verdad, encontré algo tan irresistible en su asombro que me reí en voz alta. "El diablo está en la cesta", dije, y de repente se la arranqué de la mano. Él la soltó sin resistencia, y yo balanceé todo el peso en el aire.

«Pero el tonto de un taxista, que estaba en la puerta de una taberna, se abalanzó repentinamente sobre mí, y sus dedos extendidos me agarraron con insoportable violencia por debajo de la oreja. Solté todo inmediatamente contra el taxista, y entonces, con los gritos y el estrépito de los pies a mi alrededor, la gente saliendo de las tiendas, los vehículos deteniéndose, me di cuenta que lo que había hecho me perjudicaba, y maldiciendo mi locura, retrocedí contra el escaparate de una tienda y me preparé para esquivar la confusión. En un momento me vería encerrado entre la multitud e inevitablemente iba a ser descubierto. Empujé a un muchacho carnicero, que por suerte no se volvió para ver la nada que le empujaba a un lado, y me escabullí detrás del carro del taxista. No sé cómo resolvieron el asunto. Me di prisa para cruzar la calle, que felizmente estaba despejada, y sin apenas fijarme por dónde iba, en el susto de la detección que me había provocado el incidente, me zambullí en la muchedumbre vespertina de Oxford Street.

«Intenté meterme en la corriente de gente, pero era demasiado espesa para mí, y en un instante me estaban pisando los talones. Me lancé a la cuneta, cuya aspereza me resultó dolorosa para los pies, e inmediatamente el asta de un carro que se arrastraba me clavó algo con fuerza bajo el omóplato, recordándome que ya estaba gravemente magullado. Salí tambaleándome del camino del taxi, evité un cochecito de bebé con un movimiento convulsivo y me encontré detrás del carro. Un pensamiento feliz me salvó, y mientras éste avanzaba lentamente, yo seguí su estela, tembloroso y asombrado por el giro que había dado mi aventura. Y no sólo estaba temblando, sino estremeciéndome. Era un día luminoso de enero y yo estaba completamente desnudo y el fino limo del barro que cubría la calle estaba helado. Por tonto que me parezca ahora, no había contado con que, transparente o no, seguía siendo susceptible a las inclemencias del tiempo y a todas sus consecuencias.

«Entonces, de repente, me vino a la cabeza una idea brillante. Di media vuelta y subí al taxi. Y así, temblando, asustado y resoplando con los primeros indicios de un resfriado, y con los moretones en la parte baja de mi espalda llamando cada vez más mi atención, pasé lentamente a lo largo de Oxford Street y más allá de Tottenham Court Road. Mi estado de ánimo era tan diferente del que tenía hacía diez minutos como es posible imaginar. En efecto, ¡esta invisibilidad! El único pensamiento que me poseía era: ¿cómo iba a salir del aprieto en que me encontraba?

«Pasamos lentamente por delante de Mudie's, y allí una mujer alta con cinco o seis libros etiquetados en amarillo llamó mi taxi, y yo me apeé justo a tiempo para escapar de ella, rozando por poco un furgón de ferrocarril en mi huida. Subí por la calzada hacia Bloomsbury Square, con la intención de ir hacia el norte, pasando por delante del Museo, y así adentrarme en el tranquilo distrito. Ahora estaba cruelmente helado, y la extrañeza de mi situación me inquietó tanto que gemía mientras corría. En la esquina norte de la plaza, un perrito blanco salió corriendo de las oficinas de la Sociedad Farmacéutica y sin controlarse se dirigió hacia mí, con el hocico hacia abajo.

«Nunca me había dado cuenta antes, pero la nariz es para la mente de un perro lo que el ojo es para la mente de un hombre que ve. Los perros perciben el olor de un hombre que se mueve como los hombres perciben su visión. Este bruto comenzó a ladrar y a saltar, mostrando, según me pareció, con demasiada claridad que era consciente de mi presencia. Crucé Great Russell Street, echando un vistazo por encima del hombro mientras lo hacía, y avancé un trecho por Montague Street antes de darme cuenta de hacia donde me dirigía.

«Entonces me di cuenta que había una música fuerte, y al mirar a lo largo de la calle vi a varias personas que avanzaban saliendo de Russell Square, con camisas rojas y la bandera del Ejército de Salvación al frente. No podía esperar penetrar en semejante muchedumbre, que coreaba en la calzada y abucheaba en la acera, y temiendo volver y alejarme de casa de nuevo, y decidiéndolo en el momento, subí corriendo los escalones blancos de una casa que daba a la verja del museo, y me quedé allí hasta que la muchedumbre hubiera pasado. Afortunadamente, el perro también se detuvo al oír el ruido de la banda, vaciló y volvió la cola, corriendo de nuevo hacia Bloomsbury Square.

«Siguió la banda, berreando con inconsciente ironía algún himno sobre "¿Cuándo veremos su rostro?" y me pareció un tiempo interminable antes de que la marea de la multitud se deslizara por la acera junto a mí. Tud, tud, tud, llegó el tambor con una resonancia vibrante, y por el momento no me di cuenta de que dos golfillos se detenían en la barandilla junto a mí. "Mira", dijo uno. "¿Qué hay para mirar?", dijo el otro. "Pues… esas huellas… de pies desnudos. Como las que se hacen en el barro".

«Miré hacia abajo y vi que los jóvenes se habían detenido y miraban boquiabiertos las huellas de barro que había dejado tras de mí al subir los escalones recién blanqueados. La gente que pasaba les daba codazos y empujones, pero su confusa inteligencia se detuvo. "Tud, tud, tud, cuándo, tud, veremos, tud, su cara, tud, tud". "Hay un hombre descalzo subiendo esos escalones… o que me maten", dijo uno. "Y no ha vuelto a bajar. Y su pie estaba sangrando".

«El grueso de la multitud ya había pasado. "Mira ahí, Ted", dijo el más joven de los detectives, con la agudeza de la sorpresa en su voz, y señaló directamente a mis pies. Miré hacia abajo y vi al instante la tenue sugerencia de la silueta de mis pies esbozada en salpicaduras de barro. Por un momento me quedé paralizado.

«"Vaya, eso es extraño", dijo el mayor. "¡Muy extraño! Es como el fantasma de un pie, ¿verdad?". Dudó y avanzó con la mano extendida. Un hombre se paró en seco para ver lo que cogía, y luego una chica. Un instante más y me habría tocado. Entonces supe qué hacer. Di un paso, el muchacho retrocedió con una exclamación, y con un rápido movimiento me lancé al pórtico de la casa contigua. Pero el muchacho más pequeño era lo bastante avispado como para seguir el movimiento, y antes de que yo hubiera bajado completamente los escalones y estuviera en la acera, se había recuperado de su asombro momentáneo y estaba gritando que los pies habían pasado por encima del muro.

«Se apresuraron a dar la vuelta y vieron que mis nuevas huellas aparecían en el escalón inferior y en la acera. "¿Qué pasa?", preguntó alguien. "¡Los pies! ¡Miren! ¡Los pies corriendo!".

«Todo el mundo en la calle, excepto por mis tres perseguidores, iba detrás del Ejército de Salvación, y este obstáculo no sólo me contuvo a mí, sino también a ellos. Hubo un remolino de sorpresa e interrogación. A costa de derribar a un joven conseguí pasar, y en un instante me lanzaba de cabeza por el cruce de Russell Square, con seis o siete personas asombradas siguiendo mis huellas. No hubo tiempo para explicaciones, pues de lo contrario toda la hueste me habría perseguido.

«Dos veces doblé las esquinas, tres veces crucé la calle y volví sobre mis pasos, y entonces, a medida que mis pies se calentaban y se secaban, las impresiones de humedad empezaron a desvanecerse. Por fin tuve un respiro y me froté los pies con las manos, y así me alejé del todo. Lo último que vi de la persecución fue un grupito de una docena de personas quizá, estudiando con infinita perplejidad una huella que se secaba lentamente y que había resultado de un charco en Tavistock Square, una huella tan aislada e incomprensible para ellos como el solitario descubrimiento de Crusoe.

«Esta carrera me calentó hasta cierto punto, y seguí adelante con mejor ánimo por el laberinto de caminos menos frecuentados que hay por allí. Mi espalda se había vuelto ahora muy rígida y dolorida, me dolían las amígdalas por los dedos del taxista y la piel de mi cuello había sido arañada por sus uñas; me dolían mucho los pies y estaba cojo por un pequeño corte en un pie. Vi a tiempo que se me acercaba un ciego y huí cojeando, pues temía sus sutiles intuiciones. Una o dos veces se produjeron choques accidentales y dejé a la gente estupefacta, con inexplicables maldiciones resonando en sus oídos. Entonces llegó algo silencioso y tranquilo contra mi cara, y sobre la plaza vino un fino velo de copos de nieve que caían lentamente. Me había resfriado, y por mucho que hiciera no podía evitar un estornudo ocasional. Y cada perro que aparecía a la vista, con su nariz puntiaguda y su curioso resoplido, era un terror para mí.

«Entonces llegaron hombres y niños corriendo, primero uno y luego otros, gritando mientras corrían. Era un incendio. Corrieron en dirección a mi alojamiento, y mirando hacia atrás por una calle vi una masa de humo negro que se elevaba por encima de los tejados y los cables telefónicos. Era mi alojamiento ardiendo; mi ropa, mis aparatos, todos mis recursos en realidad, excepto mi talonario de cheques y los tres volúmenes de memorandos que me esperaban en Great Portland Street, estaban allí. ¡Quemándose! Había quemado mis barcos, ¡si es que alguna vez un hombre lo hizo! El lugar estaba ardiendo».

El Hombre Invisible hizo una pausa y pensó. Kemp miró nervioso por la ventanilla. «¿Sí?», dijo. «Continúe».

«Así que el pasado enero, con el comienzo de una tormenta de nieve en el aire a mi alrededor —¡que si se posaba sobre mí me traicionaría!—, cansado, frío, dolorido, inexpresablemente desdichado, y todavía por convencerme totalmente de mi cualidad invisible, comencé esta nueva vida a la que me he comprometido. No tenía ningún refugio, ningún aparato, ningún ser humano en el mundo en quien pudiera confiar. Haber contado mi secreto me habría delatado convirtiéndome en un mero espectáculo y una rareza. Sin embargo, estaba decidido a medias a abordar a algún transeúnte y confiar en su misericordia. Pero sabía demasiado claramente el terror y la crueldad brutal que evocarían mis insinuaciones. No hice planes en la calle. Mi único objetivo era refugiarme de la nieve, cubrirme y calentarme; entonces podría esperar hacer planes. Pero incluso para mí, un Hombre Invisible, las hileras de casas londinenses permanecían cerradas con pestillos, barrotes y cerrojos inexpugnables.

«Sólo una cosa podía ver claramente ante mí: la exposición al frío y la miseria de la tormenta de nieve y la noche.

«Y entonces tuve una idea brillante. Me volví por una de las calles que van de Gower Street a Tottenham Court Road, y me encontré frente a Omniums, el gran establecimiento donde se compra de todo —ya conoce el lugar: carne, comestibles, ropa blanca, muebles, ropa, incluso pinturas al óleo—, una enorme colección serpenteante de tiendas más que una tienda. Había pensado que encontraría las puertas abiertas, pero estaban cerradas, y cuando me encontraba en la amplia entrada un carruaje se detuvo fuera, y un hombre de uniforme —ya sabe el tipo de personaje, con una gorra que decía «Omnium»— abrió la puerta de un tirón. Me las arreglé para entrar, y caminando por la tienda —era un departamento donde vendían cintas y guantes y medias y ese tipo de cosas— llegué a una región más espaciosa dedicada a cestas de picnic y muebles de mimbre.

«Sin embargo, no me sentía seguro allí; la gente iba de aquí para allá, y merodeé inquieto hasta que di con una enorme sección en un piso superior que contenía multitud de somieres, y por encima de ellos trepé, encontrando al fin un lugar de descanso entre una enorme pila de colchones doblados. El lugar ya estaba iluminado y agradablemente cálido, y decidí permanecer donde estaba, vigilando con cautela a los dos o tres grupos de tenderos y clientes que deambulaban por el lugar, hasta que llegara la hora de cerrar. Entonces podría, pensé, robar comida y ropa en el lugar y, oculto, merodear por él y examinar sus recursos, tal vez dormir en alguna de la ropa de cama. Parecía un plan aceptable. Mi idea era procurarme ropa para hacerme una figura pasable, conseguir dinero, y luego recuperar mis libros y paquetes donde me esperaban, tomar alojamiento en algún lugar y elaborar planes para la completa realización de las ventajas que mi invisibilidad me daba (como aún imaginaba) sobre mis semejantes.

«La hora del cierre llegó con bastante rapidez. No debió de pasar más de una hora desde que ocupé mi puesto en los colchones antes de que me diera cuenta de que bajaban las persianas de las ventanas y de que los clientes se dirigían hacia la puerta. Y entonces varios jóvenes enérgicos comenzaron con notable presteza a ordenar la mercancía que permanecía revuelta. Salí de mi guarida a medida que disminuía la multitud, y merodeé cautelosamente por las partes menos desoladas de la tienda. Me sorprendió mucho observar la rapidez con la que los hombres y mujeres jóvenes retiraban las mercancías expuestas a la venta durante el día. Todas las cajas de mercancías, las telas colgadas, los festones de encaje, las cajas de dulces de la sección de comestibles, los expositores de esto y aquello, estaban siendo rebatidos, doblados, colocados en ordenados receptáculos, y todo lo que no podía ser desmontado y guardado tenía cubiertas de algún material basto, como la arpillera, arrojado sobre ellos. Por último, todas las sillas se volcaron sobre los mostradores, dejando el suelo despejado. En cuanto cada uno de estos jóvenes hubo terminado, se dirigió rápidamente hacia la puerta con una expresión de ánimo como pocas veces he observado antes en un dependiente. Luego llegaron muchos jóvenes esparciendo serrín y llevando cubos y escobas. Tuve que esquivarlo y quitarme de en medio y, por si fuera poco, me picó el tobillo con el serrín. Durante algún tiempo, deambulando por los departamentos cubiertos y oscurecidos, pude oír el trabajo de las escobas. Y por fin, una buena hora o más después de haber cerrado la tienda, llegó un ruido de puertas que se cerraban con llave. El silencio se apoderó del lugar, y me encontré vagando por las vastas e intrincadas tiendas, galerías, salas de exposición del lugar, solo. Todo estaba muy quieto; en un lugar recuerdo que pasé cerca de una de las entradas de Tottenham Court Road y escuché el ruido de los tacones de las botas de los transeúntes.

«Mi primera visita fue al lugar donde había visto a la venta medias y guantes. Estaba oscuro, y tuve un gran trabajo buscando cerillas, que encontré al fin en el cajón donde había cambio. Luego tuve que buscar una vela. Tuve que romper envoltorios y saquear varias cajas y cajones, pero al final conseguí sacar lo que buscaba; la etiqueta de la caja decía que eran pantalones de lana de cordero y chalecos de lana de cordero. Luego calcetines, una bufanda gruesa, y después fui a la tienda de ropa y conseguí pantalones, una chaqueta de salón, un abrigo y un sombrero con caída... una especie de sombrero de clérigo con el ala vuelta hacia abajo. Empecé a sentirme de nuevo un ser humano y mi siguiente pensamiento fue la comida.

«Arriba había un departamento de refrescos, y allí conseguí carne fría. Aún quedaba café en la cafetera, encendí el gas y volví a calentarlo, y en conjunto no me fue mal. Después, merodeando por el lugar en busca de mantas —al final tuve que conformarme con un montón de edredones de plumón— me topé con una sección de comestibles con mucho chocolate y frutas confitadas, más de lo que me convenía por cierto, y algo de borgoña blanco. Y cerca de allí había una sección de juguetes, y tuve una idea brillante. Encontré unas narices artificiales —narices de maniquí, ya sabe— y se me ocurrió buscar unas gafas oscuras. Pero Omniums no tenía departamento de óptica. Mi nariz había sido una verdadera dificultad— había pensado en buscar pintura sino. Pero el descubrimiento me hizo pensar en pelucas y máscaras y cosas por el estilo. Finalmente me fui a dormir en un montón de edredones de plumón, muy calentito y cómodo.

«Mis últimos pensamientos antes de dormir fueron los más agradables que había tenido desde el cambio. Me encontraba en un estado de serenidad física, y eso se reflejaba en mi mente. Pensé que sería capaz de escabullirme sin ser observado por la mañana con mi ropa encima, tapándome la cara con un envoltorio blanco que había cogido, comprar, con el dinero que había cogido, gafas y demás, y así completar mi disfraz. Caí en sueños desordenados de todas las cosas fantásticas que habían sucedido durante los últimos días. Vi al feo y pequeño judío, mi casero, vociferando en sus habitaciones; vi a sus dos hijos maravillados, y la arrugada cara de la anciana mientras preguntaba por su gato. Volví a experimentar la extraña sensación de ver desaparecer la tela, y así llegué a la ladera ventosa y al viejo clérigo resoplando entre dientes "Tierra a la tierra, cenizas a las cenizas, polvo al polvo", ante la tumba abierta de mi padre.

«"Tú también", dijo una voz, y de repente me vi empujado hacia la tumba. Luché, grité, apelé a los asistentes, pero continuaron pétreamente siguiendo el servicio; el viejo clérigo, además, nunca vaciló en zumbar y resoplar a través del ritual. Me di cuenta de que yo era invisible e inaudible, de que fuerzas abrumadoras se apoderaban de mí.

Luché en vano, me vi forzado al borde del abismo, el ataúd sonó hueco cuando caí sobre él y la grava salió volando tras de mí a paladas. Nadie me hizo caso, nadie se percató de mi presencia. Forcejeé convulsivamente y desperté.

«El pálido amanecer londinense había llegado, el lugar estaba lleno de una fría luz gris que se filtraba por los bordes de las persianas de las ventanas. Me senté y durante un rato no pude pensar dónde podría estar aquel amplio apartamento, con sus mostradores, sus montones de cosas enrolladas, su montón de edredones y cojines, sus pilares de hierro. Y luego, a medida que los recuerdos volvían a mí, oí voces que conversaban.

«Entonces, a lo lejos, en la luz más brillante de algún departamento que ya había levantado sus persianas, vi que se acercaban dos hombres. Me puse en pie, buscando a mi alrededor alguna forma de escapar, e incluso mientras lo hacía el sonido de mi movimiento les hizo darse cuenta de mi presencia. Supongo que sólo vieron una figura que se alejaba silenciosa y rápidamente. "¿Quién es?", gritó uno, y "¡Alto ahí!", gritó el otro. Me di prisa al doblar una esquina y me lancé de lleno —¡una figura sin rostro, eso sí!— sobre un muchacho larguirucho de unos quince años. Gritó y le derribé, pasé corriendo junto a él, doblé otra esquina y, por una feliz inspiración, me lancé detrás de un mostrador. Inmediatamente pasaron unos pies corriendo y oí voces que gritaban: "¡Todos a las puertas!", preguntándose qué pasaba y dándose consejos unos a otros sobre cómo atraparme.

«Tumbado en el suelo, me sentí muerto de miedo. Pero —por extraño que parezca— no se me ocurrió en ese momento quitarme la ropa como debería haber hecho. Me había hecho a la idea, supongo, de escapar con ellas puestas, y eso me dominaba. Y entonces al ver los mostradores llegó un griterío diciendo "¡Aquí está!".

«Me puse en pie de un salto, lancé una silla del mostrador y la envié dando vueltas hacia el tonto que había gritado, giré, me encontré con otro al doblar una esquina, lo envié dando vueltas y subí corriendo las escaleras. Mantuvo el equilibrio, miró y subió la escalera acalorado tras de mí. En la escalera se amontonaban una multitud de esas cosas en forma de vasijas de colores brillantes... ¿qué son?».

«Jarrones», sugirió Kemp.

«¡Eso es! Jarrones. Bueno, di vuelta en el último escalón y giré, arranqué un jarrón del montón y se la aplasté en su tonta cabeza mientras venía hacia mí. Toda la pila de jarrones se abalanzó y oí gritos y pasos que corrían por todas partes. Corrí como un loco hacia el lugar de refrescos, y allí estaba un hombre vestido de blanco, como un cocinero, que emprendió la persecución. Di una última vuelta desesperada y me encontré entre lámparas y ferretería. Me puse detrás del mostrador de este lugar y esperé a mi cocinero, y cuando se lanzó a la cabeza de la persecución, le pegué con una lámpara. Bajó, y yo me agaché detrás del mostrador y empecé a quitarme la ropa tan rápido como pude. El abrigo, la chaqueta, los pantalones y los zapatos estaban bien, pero un chaleco de lana de cordero le sienta a un hombre como una piel. Oí venir a más hombres, mi cocinero estaba quieto al otro lado del mostrador, aturdido o asustado sin habla, y tuve que correr de nuevo, como un conejo cazado fuera de una pila de leña.

«"¡Por aquí, policía!", oí gritar a alguien. Me encontré de nuevo en el almacén de mi somier, y al final de un desierto de armarios. Me lancé entre ellos, me desplomé, me deshice del chaleco tras infinitos retorcimientos y volví a ser un hombre libre, jadeante y asustado, mientras el policía y tres de los tenderos doblaban la esquina. Se apresuraron a tomar el chaleco y los pantalones, e incautaron mis pantalones "Está soltando su botín", dijo uno de los jóvenes. "Debe de estar por aquí".

«Pero no me encontraron para nada.

«Me quedé un rato mirando cómo me cazaban y maldiciendo mi mala suerte por haber perdido la ropa. Luego fui al puesto de refrescos, bebí un poco de leche que encontré allí y me senté junto al fuego a considerar mi posición.

«Al poco rato entraron dos ayudantes y empezaron a hablar del asunto muy excitados, como los tontos que eran. Oí un relato magnificado de mis depredaciones y otras especulaciones sobre mi paradero. Entonces me puse a maquinar de nuevo. La dificultad insuperable del lugar, sobre todo ahora que estaban prevenidos, era sacar algún botín. Bajé al almacén para ver si había alguna posibilidad de empaquetar y mandar un paquete, pero no pude entender cómo funcionaba el sistema. Hacia las once, habiéndose descongelado la nieve al caer, y siendo el día más fino y un poco más cálido que el anterior, decidí que el Emporio no era de ayuda, y salí de nuevo, exasperado por mi falta de éxito, con sólo los más vagos planes de acción en mi mente».

«Pero ahora usted empieza a darse cuenta», dijo el Hombre Invisible, «de toda la desventaja de mi condición. No tenía refugio, ni cobertura; conseguir ropa era renunciar a todas mis ventajas, convertirme en algo extraño y terrible. Estaba ayunando; porque comer, llenarme de materia no asimilada, equivalía a volverse grotescamente visible».

«Nunca lo había pensado», dijo Kemp.

«Yo tampoco. Y la nieve me había advertido de otros peligros. No podía salir al exterior con nieve: se posaría sobre mí y me expondría. La lluvia, también, me convertiría en un contorno acuoso, una superficie brillante de hombre —una burbuja—. Y la niebla... sería como una burbuja más tenue en la niebla, una superficie, un destello grasiento de humanidad. Además, al salir al exterior —en el aire londinense— acumulaba suciedad alrededor de mis tobillos, tizones flotantes y polvo sobre mi piel. No sabía cuánto tiempo pasaría antes de que me volviera visible también por esa causa. Pero vi claramente que no podía ser mucho tiempo.

«No en Londres, en todo caso.

«Me adentré en los barrios bajos en dirección a Great Portland Street, y me encontré al final de la calle en la que me había alojado. No seguí por allí, a causa de la multitud que había a mitad de camino frente a las ruinas aún humeantes de la casa que había incendiado. Mi problema más inmediato era conseguir ropa. Qué hacer con mi cara me desconcertaba. Entonces vi en una de esas pequeñas tiendas misceláneas —periódicos, dulces, juguetes, artículos de papelería, payasadas navideñas atrasadas, etc.— un surtido de máscaras y narices. Me di cuenta de que el problema estaba resuelto. En un instante supe mi dirección. Di media vuelta, ya sin rumbo, y me dirigí —por los aledaños para evitar las vías concurridas— hacia las callejuelas del norte de Strand; pues recordaba, aunque no muy bien dónde, que algunos figurinistas teatrales tenían tiendas en ese distrito.

«El día era frío, con un viento cortante en las calles del norte. Caminaba deprisa para evitar que me pasaran. Cada cruce era un peligro, cada pasajero algo que vigilar con atención. Un hombre, cuando estaba a punto de empezar a caminar en Bedford Street, giró sobre mí bruscamente y se me echó encima, enviándome a la calzada y casi bajo la rueda de un carro que pasaba. El veredicto de los taxistas fue que había sufrido algún tipo de apoplejía. Yo estaba tan desconcertado por este encuentro que entré en el mercado de Covent Garden y me senté un rato en un rincón tranquilo junto a un puesto de violetas, jadeando y temblando. Descubrí que había cogido un nuevo resfriado, y tuve que irme al cabo de un rato para que mis estornudos no llamaran la atención.

«Por fin llegué al objeto de mi búsqueda, una tiendecita sucia y llena de moscas en un callejón cerca de Drury Lane, con un escaparate lleno de batas de oropel, joyas de imitación, pelucas, zapatillas, fichas de dominó y fotografías teatrales. La tienda era anticuada, baja y oscura, y la casa se alzaba sobre ella cuatro pisos, oscura y lúgubre. Me asomé por la ventana y, al no ver a nadie dentro, entré. Al abrir la puerta sonó una campanilla. Dejé la puerta abierta y fui a un puesto de disfraces, hasta un rincón detrás de un espejo a caballo. Durante un minuto más o menos no vino nadie. Entonces oí unos pies pesados que cruzaban la habitación, y un hombre apareció por la tienda.

«Mis planes estaban ahora perfectamente definidos. Me propuse abrirme paso hasta la casa, esconderme en el piso de arriba, vigilar mi oportunidad y, cuando todo estuviera tranquilo, buscar una peluca, una máscara, unas gafas y un disfraz, y salir al mundo, tal vez una figura grotesca pero aún así creíble. Y de paso, por supuesto, podría robar en la casa todo el dinero disponible.

«El hombre que acababa de entrar en la tienda era un hombre bajo, delgado, encorvado, con cejas de escarabajo, brazos largos y piernas muy cortas. Al parecer yo había interrumpido una comida. Se quedó mirando la tienda con expresión de expectación. Ésta dio paso a la sorpresa, y luego a la ira, cuando vio la tienda vacía. "¡Malditos sean esos muchachos!", dijo. Se fue a mirar calle arriba y calle abajo. Volvió a entrar al cabo de un minuto, pateó la puerta con el pie rencorosamente y se fue murmurando hacia la puerta de casa.

«Me adelanté para seguirle y, al oír el ruido de mi movimiento, se detuvo en seco. Yo también lo hice, sobresaltado por su agudeza de oído. Me cerró la puerta de la casa en las narices.

«Me quedé dudando. De repente oí sus pasos rápidos que volvían, y la puerta se volvió a abrir. Se quedó mirando la tienda como quien aún no está satisfecho. Luego, murmurando para sí mismo, examinó la parte trasera del mostrador y echó un vistazo detrás de algunos muebles. Se quedó dudando. Él había dejado la puerta de la casa abierta y yo me deslicé hasta la habitación interior.

«Era una salita extraña, mal amueblada y con varias máscaras grandes en un rincón. Sobre la mesa estaba su tardío desayuno, y a mí, Kemp, me resultaba tremendamente exasperante tener que aspirar su café y quedarme mirando mientras él entraba y reanudaba su comida. Y sus modales en la mesa eran irritantes. En la pequeña habitación se abrían tres puertas, una que subía y otra que bajaba, pero todas estaban cerradas. No podía salir de la habitación mientras él estaba allí; apenas podía moverme debido a su estado de alerta, y había una corriente de aire a mi espalda. Dos veces estrangulé un estornudo justo a tiempo.

«La espectacularidad de mis sensaciones era curiosa y novedosa, pero a pesar de todo yo ya estaba muy cansado y enfadado mucho antes de que él hubiera terminado de comer. Pero al final terminó y puso su mísera vajilla y colocando la bandeja de hojalata negra sobre la que había puesto su tetera, y recogiendo todas las migas sobre el paño manchado de mostaza, se llevó todo el lote de cosas tras él. Su carga le impidió cerrar la puerta tras de sí —como lo hubiera hecho; nunca vi a un hombre tan dado a cerrar puertas—; yo le seguí hasta una cocina subterránea y una fregadera muy sucias. Tuve el placer de verle empezar a fregar, y luego, no encontrando útil seguir allí abajo, y estando el suelo de ladrillo frío bajo mis pies, volví arriba y me senté en su silla junto al fuego. Estaba ardiendo poco y, sin pensarlo, añadí un poco de carbón. El ruido de esto le hizo reaccionar de inmediato, y se puso de pie con agitación. Echó un vistazo por la habitación y estuvo a punto de tocarme. Incluso después de ese examen, apenas parecía satisfecho. Se detuvo en el umbral de la puerta y realizó una última inspección antes de bajar.

«Esperé en el saloncito durante una eternidad, y por fin subió y abrió la puerta de arriba. Me las arreglé para esquivarle.

«En la escalera se detuvo de repente, de modo que estuve a punto de tropezar con él. Se quedó mirándome a la cara y escuchando. "Podría haber jurado...", dijo. Su larga y peluda mano tiraba de su labio inferior. Su mirada recorrió la escalera de arriba abajo. Luego gruñó y volvió a subir.

«Su mano estaba en el picaporte de una puerta, y entonces se detuvo de nuevo con la misma ira desconcertada en su rostro. Se estaba dando cuenta de los débiles sonidos de mis movimientos a su alrededor. El hombre debía de tener un oído diabólicamente agudo. De repente estalló en cólera. "Si hay alguien en esta casa...", gritó con un juramento, y dejó la amenaza sin terminar. Se metió la mano en el bolsillo, no encontró lo que buscaba y, lanzándose a mi lado, bajó las escaleras dando tumbos ruidosa y pugnazmente. Pero yo no le seguí. Me senté en la cabecera de la escalera hasta su regreso.

«Al poco subió de nuevo, todavía murmurando. Abrió la puerta de la habitación y, antes de que pudiera entrar, me la cerró en las narices.

«Decidí explorar la casa y dediqué algún tiempo a hacerlo lo más silenciosamente posible. La casa era muy vieja y destartalada, estaba tan húmeda que el papel de los desvanes se despegaba de las paredes, y estaba infestada de ratas. Algunas de las manillas de las puertas estaban rígidas y me daba miedo girarlas. Varias de las habitaciones que inspeccioné estaban sin amueblar, y otras estaban llenas de maderas de teatro, compradas de segunda mano, según juzgué, por su aspecto. En una habitación contigua encontré un montón de ropa vieja. Empecé a rebuscar entre éstas, y en mi afán olvidé de nuevo la evidente agudeza de sus oídos. Oí un paso sigiloso y, al levantar la vista justo a tiempo, le vi asomado al montón revuelto y con un revólver anticuado en la mano. Me quedé totalmente inmóvil mientras él miraba boquiabierto y desconfiado. "Debe de haber sido ella", dijo lentamente. "¡Maldita sea!".

«Cerró la puerta en silencio, e inmediatamente oí girar la llave en la cerradura. Luego sus pasos se retiraron. Me di cuenta de repente de que estaba encerrado. Durante un minuto no supe qué hacer. Caminé de la puerta a la ventana y viceversa, y me quedé perplejo. Una ráfaga de ira se apoderó de mí. Pero decidí inspeccionar la ropa antes de hacer nada más, y mi primer intento hizo caer un montón de un estante superior. Esto le hizo volver, más siniestro que nunca. Esa vez me tocó de verdad, saltó hacia atrás con asombro y se quedó de pie, atónito, en medio de la habitación.

«Después se calmó un poco. "Ratas", dijo en voz baja, con los dedos en los labios. Evidentemente estaba un poco asustado. Salí silenciosamente de la habitación, pero un tablón crujió. Entonces el pequeño bruto del infierno empezó a recorrer toda la casa, revólver en mano, cerrando puerta tras puerta y embolsándose las llaves. Cuando me di cuenta de lo que tramaba me dio un ataque de rabia; apenas si pude controlarme lo suficiente como para ver mi oportunidad. Para entonces ya sabía que estaba solo en la casa, así que no hice más ruido, sino que le golpeé en la cabeza».

«¿Le golpeó en la cabeza?», exclamó Kemp.

«Sí, le golpeé cuando bajaba las escaleras. Le golpeé por detrás con un taburete que había en el rellano. Bajó las escaleras como un saco de botas viejas».

«Pero, ¡digo! Las convenciones comunes de la humanidad...».

«Están muy bien para la gente corriente. Pero la cuestión era, Kemp, que yo tenía que salir de esa casa disfrazado sin que me viera. No se me ocurrió otra forma de hacerlo. Y entonces le amordacé con un chaleco Louis Quatorze y le até con una sábana».

«¡Lo ató con una sábana!».

«Hice una especie de bolsa con él. Fue más bien una buena idea para mantener al idiota asustado y callado, y una cosa endiabladamente difícil de sacar... la cabeza de la cuerda. Mi querido Kemp, no es bueno que se quede sentado mirándome como si fuera un asesino. Había que hacerlo. Él tenía su revólver. Si una vez me viera podría describirme...».

«Pero aún así», dijo Kemp, «en la Inglaterra de hoy. Y el hombre estaba en su propia casa, y usted estaba... bueno, robando».

«¡Robando! ¡Maldita sea! ¡Pronto me llamará ladrón! Seguro, Kemp, que no es tan tonto como para seguir las viejas costumbres. ¿No ve mi posición?».

«Y la de él también», dijo Kemp.

El Hombre Invisible se levantó bruscamente. «¿Qué quiere decir?»

El rostro de Kemp se endureció un poco. Estaba a punto de hablar y se contuvo. «Supongo que, después de todo», dijo con un repentino cambio de actitud, «la cosa tenía que hacerse. Usted estaba en un aprieto. Pero aun así...».

«Por supuesto que estaba en un aprieto, un aprieto infernal. Y él también me volvía loco: me perseguía por toda la casa, jugueteaba con su revólver, cerraba y abría puertas. Era sencillamente exasperante. No me culpa, ¿verdad? ¿No me culpa?».

«Nunca culpo a nadie», dijo Kemp. «Está bastante pasado de moda. ¿Qué hizo después?».

«Tenía hambre. Abajo encontré un pan y un poco de queso rancio, más que suficiente para saciar mi hambre. Tomé un poco de brandy y agua, y luego subí junto a mi bolsa improvisada —estaba tumbado sin moverse—, a la habitación que contenía la ropa vieja. Ésta daba a la calle, dos cortinas de encaje, marrones por la suciedad, custodiaban la ventana. Fui y me asomé por sus intersticios. Fuera el día era luminoso —por contraste con las sombras marrones de la lúgubre casa en la que me encontraba—, deslumbrantemente luminoso. Pasaba un tráfico enérgico, carros de fruta, un coche de caballos, un carro con una pila de cajas, el carro de un pescador. Me volví con manchas de color nadando ante mis ojos hacia las sombrías instalaciones detrás de mí. Mi excitación estaba dando paso de nuevo a una clara aprehensión de mi posición. La habitación estaba llena de un tenue olor a bencina, utilizada, supongo, en la limpieza de las prendas.

«Comencé una búsqueda sistemática por el lugar. Juzgué que el jorobado había estado solo en la casa durante algún tiempo. Era una persona curiosa. Todo lo que podía serme útil lo recogí en el almacén de ropa y luego hice una selección deliberada. Encontré un bolso de mano que me pareció una posesión adecuada, y algunos polvos, colorete y esparadrapo.

«Había pensado en pintarme y empolvarme la cara y todo lo que hubiera que mostrar de mí, para hacerme visible, pero el inconveniente de esto residía en que necesitaría aguarrás y otros utensilios y un tiempo considerable antes de poder desvanecerme nuevamente. Finalmente elegí una máscara del mejor tipo, ligeramente grotesca pero no más que la de muchos seres humanos, gafas oscuras, bigotes grisáceos y una peluca. No pude encontrar ropa interior, pero eso podría comprarlo posteriormente, y por el momento me envolví en dominós de percal y algunas bufandas blancas de cachemira. No pude encontrar calcetines, pero las botas del jorobado eran bastante holgadas y me bastaron. En un escritorio de la tienda había tres soberanos y unos treinta chelines de plata, y en un armario cerrado que reventé en la habitación interior había ocho libras en oro. Podía salir al mundo de nuevo, equipado.

«Entonces surgió una curiosa duda. ¿Era realmente creíble mi apariencia? Busqué comprobarlo con un pequeño espejo de alcoba, inspeccionándome desde todos los puntos de vista para descubrir cualquier resquicio olvidado, pero todo parecía sólido. Yo era grotesco hasta para el teatro, un avaro de escenario, pero desde luego no era una imposibilidad física. Haciendo acopio de confianza, bajé mi espejo a la tienda, bajé las persianas y me inspeccioné desde todos los puntos de vista con la ayuda del espejo a caballo en el rincón.

«Pasé unos minutos armándome de valor y luego descorrí el cerrojo de la puerta de la tienda y salí a la calle, dejando que el hombrecillo volviera a salir de su sábana cuando quisiera. En cinco minutos una docena de personas se interpusieron entre la tienda de artículos de teatro y yo. Nadie pareció fijarse mucho en mí. Mi última dificultad parecía superada».

Se detuvo de nuevo.

«¿Y no le preocupó más el jorobado?», dijo Kemp.

«No», dijo el Hombre Invisible. «Tampoco he oído qué fue de él. Supongo que se desató o se desesperó. Los nudos estaban muy apretados».

Él se quedó en silencio, se acercó a la ventana y se quedó mirando hacia fuera.

«¿Qué pasó cuando salió a Strand?».

«¡Oh...! Otra desilusión. Creía que mis problemas habían terminado. Prácticamente pensaba que tenía impunidad para hacer lo que quisiera, todo, excepto revelar mi secreto. Así pensé. Hiciera lo que hiciera, fueran cuales fueran las consecuencias, no había nada bueno para mí. Sólo tenía que arrojar a un lado mis vestiduras y desaparecer. Nadie podría retenerme. Podía llevarme mi dinero donde lo encontrara. Decidí darme un suntuoso festín, alojarme en un buen hotel y acumular un nuevo conjunto de bienes. Me sentía asombrosamente seguro de mí mismo; no es especialmente agradable recordar que antes fui un asno. Entré en un local y ya estaba pidiendo el almuerzo, cuando se me ocurrió que no podría comer a menos que expusiera mi cara invisible. Terminé de pedir el almuerzo, le dije al hombre que volvería en diez minutos y salí exasperado. No sé si alguna vez le han decepcionado el apetito».

«No tanto», dijo Kemp, «pero puedo imaginarlo».

«Hubiera podido aplastar a esos tontos diablos. Por fin, desfallecido por el deseo de una comida sabrosa, entré en otro local y pedí una habitación privada. "Estoy desfigurado", dije. "En gran manera". Me miraron con curiosidad, pero por supuesto no era asunto suyo, así que por fin conseguí mi almuerzo. No estaba especialmente bien servido, pero fue suficiente; y cuando lo hube tomado, me senté a fumar un puro, intentando planear mi línea de acción. Afuera empezaba una tormenta de nieve.

«Cuanto más lo pensaba, Kemp, más me daba cuenta de lo absurdo e indefenso que era un Hombre Invisible en un clima frío y sucio y en una ciudad civilizada abarrotada. Antes de hacer este loco experimento había soñado con mil ventajas. Aquella tarde todo parecían decepciones. Pasé por encima de las cosas que un hombre considera deseables. Sin duda, la invisibilidad hacía posible conseguirlas, pero hacía imposible disfrutarlas cuando se consiguen. La ambición: ¿de qué sirve el orgullo de ocupar un lugar cuando no se puede aparecer en él? ¿De qué sirve el amor de una mujer cuando su nombre debe ser necesariamente Dalila? No tengo gusto por la política, ni por la fama, ni por la filantropía, ni por el deporte. ¿Qué iba a hacer yo? Y para ello me había convertido en un misterio envuelto, ¡en una caricatura de hombre envuelto y vendado!».

Hizo una pausa y su actitud sugirió una mirada errante a la ventana.

«¿Pero, cómo llegó a Iping?», dijo Kemp, ansioso por mantener a su invitado ocupado hablando.

«Fui allí a trabajar. Tenía una esperanza. Era una idea a medias. Todavía la tengo. Ahora es una idea en toda regla. ¡Una forma de volver! De restaurar lo que he hecho. Cuando yo elija. Cuando haya hecho todo lo que me propongo hacer de forma invisible. Y de eso es de lo que principalmente quiero hablarle ahora».

«¿Fue directamente a Iping?».

«Sí. Sólo tuve que coger mis tres volúmenes de memorias y mi talonario de cheques, mi equipaje y mi ropa interior, encargar una cantidad de productos químicos para elaborar esta idea mía —le enseñaré los cálculos en cuanto tenga mis libros— y luego me puse en marcha. ¡Caramba! Ahora recuerdo la tormenta de nieve, y la maldita molestia que fue evitar que la nieve humedeciera mi nariz de utilería».

«Al final», dijo Kemp, «anteayer, cuando le descubrieron, usted, más bien... a juzgar por los periódicos...».

«Así es. Digamos. ¿Maté a ese tonto del alguacil?».

«No», dijo Kemp. «Se espera que se recupere».

«Esa es su suerte, entonces. Perdí los estribos limpiamente, ¡qué tontos que son! ¿Por qué no pudieron dejarme en paz? ¿Y ese patán tendero?».

«No se esperan muertes», dijo Kemp.

«No sé nada de ese vagabundo mío», dijo el Hombre Invisible, con una risa desagradable.

«¡Por Dios, Kemp, no sabe la rabia que tenía! ... Haber trabajado durante años, haber planeado y tramado, ¡y que luego un idiota torpe y ciego se cruce en mi camino...! Cada tipo concebible de criatura tonta que jamás se haya creado ha sido enviada a cruzarse conmigo.

«Si tengo mucho más de esto, me volveré salvaje y empezaré a segarlos.

«Tal y como están las cosas, han hecho todo mil veces más difícil».

«Sin duda es exasperante», dijo Kemp, secamente.

«Pero ahora», dijo Kemp, con una mirada de reojo a la ventana, «¿qué vamos a hacer?».

Se acercó a su invitado mientras hablaba, de tal forma que evitó la posibilidad de que viera de repente a los tres hombres que avanzaban por el camino de la colina, con una lentitud intolerable, según le pareció a Kemp.

«¿Qué planeaba hacer cuando se dirigía a Port Burdock? ¿Tenía algún plan?».

«Iba a irme del país. Pero he alterado bastante ese plan desde que le vi a usted. Pensé que sería prudente, ahora que hace calor y la invisibilidad es posible, dirigirme al sur. Sobre todo porque mi secreto es conocido y todo el mundo estaría al acecho de un hombre enmascarado y embozado. Hay una línea de vapores desde aquí hasta Francia. Mi idea era subir a bordo de uno y correr los riesgos del viaje. Desde allí podría ir en tren a España, o bien llegar a Argel. No sería difícil. Allí un hombre podría ser siempre invisible y, sin embargo, vivir. Y hacer cosas. Estaba utilizando aquel vagabundo como hucha y portaequipajes, hasta que decidiera cómo hacer que me enviaran mis libros y mis cosas».

«Eso está claro».

«¡Y entonces ese bruto asqueroso tiene que intentar robarme! Ha escondido mis libros, Kemp. ¡Escondido mis libros! ¡Si puedo ponerle las manos encima!».

«Mejor sería planear como sacarle los libros primero».

«¿Pero dónde está? ¿Lo sabe?».

«Está en la comisaría de la ciudad, encerrado, por petición propia, en la celda más fuerte del lugar».

«¡El muy perro!», dijo el Hombre Invisible.

«Pero eso deja sus planes un poco en suspenso».

«Debemos conseguir esos libros; esos libros son vitales».

«Ciertamente», dijo Kemp, un poco nervioso, preguntándose si había oído pasos fuera. «Ciertamente debemos conseguir esos libros. Pero eso no será difícil, si él no sabe que son para usted».

«No», dijo el Hombre Invisible, y pensó.

Kemp intentó pensar en algo para mantener la charla, pero el Hombre Invisible la reanudó por su propia voluntad.

«Haber entrado en su casa, Kemp», dijo, «cambia todos mis planes. Porque usted es un hombre que puede comprender. A pesar de todo lo que ha pasado, a pesar de esta publicidad, de la pérdida de mis libros, de lo que he sufrido, aún quedan grandes posibilidades, enormes posibilidades...».

«¿No le ha dicho a nadie que estoy aquí?», preguntó bruscamente.

Kemp vaciló. «Eso estaba implícito», dijo.

«¿Nadie?», insistió Griffin.

«Ni un alma».

«¡Ah! Ahora...». El Hombre Invisible se levantó y, con los brazos en alto, comenzó a pasear por el estudio.

«Cometí un error, Kemp, un gran error, al llevar esto adelante solo. He desperdiciado fuerzas, tiempo, oportunidades. Solo que... ¡es maravilloso lo poco que puede hacer un hombre solo! Robar un poco, herir un poco, y ese es el fin.

«Lo que quiero, Kemp, es un portero, un ayudante y un escondite, un arreglo mediante el cual pueda dormir, comer y descansar en paz sin que sospechen. Debo tener un cómplice. Con un cómplice, con comida y descanso, mil cosas son posibles.

«Hasta ahora he seguido planes vagos. Tenemos que considerar todo lo que significa la invisibilidad, todo lo que no significa. Significa poca ventaja para escuchar a escondidas y demás: uno hace ruido. Es de poca ayuda —una pequeña ayuda quizás— en el allanamiento de morada y demás. Una vez que me han atrapado podrían encarcelarme fácilmente. Pero por otro lado soy difícil de atrapar. Esta invisibilidad, de hecho, sólo es buena en dos casos: es útil para escapar, es útil para acercarse. Es particularmente útil, por tanto, para matar. Puedo rodear a un hombre, tenga el arma que tenga, elegir mi punto, golpear como quiera. Esquivar como quiera. Escapar como quiera».

Kemp se llevó la mano al bigote. ¿Había un movimiento abajo?

«Y es matar lo que debemos hacer, Kemp».

«Es matar lo que debemos hacer», repitió Kemp. «Escucho su plan, Griffin, pero no estoy de acuerdo. ¿Por qué matar?».

«No una matanza gratuita, sino un asesinato juicioso. La cuestión es que ellos saben que hay un Hombre Invisible, tan bien como nosotros sabemos que hay un Hombre Invisible. Y ese Hombre Invisible, Kemp, debe establecer ahora un Reino del Terror. Sí; sin duda es sorprendente. Pero lo digo en serio. Un Reino del Terror. Debe tomar algún pueblo como su Burdock y aterrorizarlo y dominarlo. Debe dar sus órdenes. Puede hacerlo de mil maneras... trozos de papel metidos por debajo de las puertas bastarían. Y a todos los que desobedezcan sus órdenes debe matarlos, y matar a todos los que los defiendan».

«¡Umm!», dijo Kemp, ya no escuchando a Griffin sino el sonido de la puerta de su casa abriéndose y cerrándose.

«Me parece, Griffin», dijo, para cubrir su atención errante, «que su cómplice estaría en una posición difícil».

«Nadie sabría que es un cómplice», dijo el Hombre Invisible, con entusiasmo. Y de repente: «¡Silencio! ¿Qué es eso de abajo?».

«Nada», dijo Kemp, y de repente empezó a hablar alto y rápido. «No estoy de acuerdo con esto, Griffin», dijo. «Entiéndame, no estoy de acuerdo con esto. ¿Por qué sueña con jugar un juego contra la humanidad? ¿Cómo puede esperar conseguir la felicidad? No sea un lobo solitario. Publique sus resultados; haga que el mundo —haga que la nación al menos— gane su confianza. Piense en lo que podría hacer con un millón de ayudantes».

El Hombre Invisible interrumpió con el brazo extendido. «Hay pasos subiendo las escaleras», dijo en voz baja.

«Tonterías», dijo Kemp.

«Déjeme ver», dijo el Hombre Invisible, y avanzó, con el brazo extendido, hacia la puerta.

Y entonces las cosas sucedieron muy rápidamente. Kemp dudó un segundo y luego se movió para interceptarle. El Hombre Invisible se sobresaltó y se quedó inmóvil. «¡Traidor!» gritó la Voz, y de repente se abrió la bata, y sentándose el Invisible empezó a desvestirse. Kemp dio tres pasos rápidos hacia la puerta, e inmediatamente el Hombre Invisible —sus piernas se habían desvanecido— se puso en pie con un grito. Kemp abrió la puerta de golpe.

Al abrirse, se oyó un ruido de pies dándose prisa escaleras abajo y voces.

Con un rápido movimiento, Kemp empujó al Hombre Invisible hacia atrás, se apartó de un salto y cerró la puerta de un portazo. La llave estaba fuera y lista. En un instante Griffin habría estado solo en el estudio del mirador, prisionero. Salvo por una pequeña cosa. La llave había sido introducida apresuradamente aquella mañana. Cuando Kemp dio el portazo, cayó ruidosamente sobre la alfombra.

El rostro de Kemp se puso blanco. Intentó agarrar la manilla de la puerta con ambas manos. Por un momento se quedó arrastrando. Entonces la puerta cedió seis pulgadas. Pero consiguió cerrarla de nuevo. La segunda vez se abrió de un tirón y la bata se introdujo por la abertura. Su garganta fue agarrada por dedos invisibles, y dejó de sujetar el picaporte para defenderse. Fue obligado a retroceder, tropezó y cayó pesadamente contra la esquina del rellano. La bata vacía le cayó encima.

A mitad de la escalera estaba el Coronel Adye, el destinatario de la carta de Kemp, el jefe de la policía de Burdock. Miraba atónito la súbita aparición de Kemp, seguida del extraordinario espectáculo de la ropa lanzada vacía por el aire. Vio a Kemp abatido y luchando por ponerse en pie. Le vio lanzarse hacia delante, y volver a caer, abatido como un buey.

Entonces, de repente, fue golpeado violentamente. ¡Por nada! Un enorme peso, al parecer, saltó sobre él, y fue arrojado de cabeza por la escalera, con un puño en la garganta y una rodilla en la ingle. Un pie invisible le pisó la espalda, un repiqueteo fantasmal sonó escaleras abajo, oyó a los dos policías en el vestíbulo gritar y correr, y la puerta principal de la casa se cerró violentamente.

Se dio la vuelta y se incorporó con la mirada fija. Vio, tambaleándose por la escalera, a Kemp, polvoriento y despeinado, con un lado de la cara blanco por un golpe, el labio sangrante y una bata rosa y algo de ropa interior en los brazos.

«¡Dios mío!», gritó Kemp, «¡se acabó el juego! ¡Se ha ido!».

CAPÍTULO XXV — LA CAZA DEL HOMBRE INVISIBLE

Durante un tiempo, Kemp se mostró demasiado inarticulado como para hacer comprender a Adye la rápida sucesión de eventos que acababan de suceder. Se quedaron de pie en el rellano, Kemp hablando con rapidez, con las grotescas hilachas de Griffin aún en el brazo. Pero en seguida Adye empezó a comprender algo de la situación.

«Está loco», dijo Kemp; «es inhumano. Es puro egoísmo. No piensa más que en su propio provecho, en su propia seguridad. He escuchado esta mañana una historia de egoísmo brutal.... Ha herido a hombres. Los matará a menos que podamos impedírselo. Creará pánico. Nada puede detenerle. Va a salir ahora... ¡furioso!».

«Hay que atraparlo», dijo Adye. «Eso es seguro».

«¿Pero cómo?», gritó Kemp, y de repente se llenó de ideas. «Debe empezar de inmediato. Debe poner a trabajar a todos los hombres disponibles; debe impedir que abandone este distrito. Una vez que se escape, podrá recorrer el campo a su antojo, matando y mutilando. ¡Sueña con un reino de terror! Un reino de terror, le digo. Debe vigilar los trenes, las carreteras y el transporte marítimo. El ejército debe ayudar. Debe telegrafiar pidiendo ayuda. Lo único que puede retenerlo aquí es la idea de recuperar algunos libros de notas que considera de valor. ¡Le hablaré de eso! Hay un hombre en su comisaría... Marvel».

«Lo sé», dijo Adye, «lo sé. Esos libros... sí. Pero el vagabundo...».

«...dice que no los tiene. Pero él cree que el vagabundo sí los tiene. Y debe impedirle comer o dormir; día y noche el campo debe estar alerta para él. La comida debe estar bajo llave y asegurada, toda la comida, para que tenga que abrirse camino hasta ella. Las casas en todas partes deben estar atrancadas contra él. ¡Que el cielo nos envíe noches frías y lluvia! Todo el país debe empezar a cazar y seguir cazando. Se lo digo, Adye, él es un peligro, un desastre; a menos que sea inmovilizado y apresado, es espantoso pensar en las cosas que pueden suceder».

«¿Qué otra cosa podemos hacer?», dijo Adye. «Debo ir enseguida y empezar a organizar. Pero, ¿por qué no viene? Sí... ¡venga usted también! Venga, y debemos celebrar una especie de consejo de guerra... hacer que Hopps nos ayude... y los gerentes del ferrocarril. ¡Por Dios! Es urgente. Venga... cuénteme sobre la marcha. ¿Qué más podemos hacer? Deje eso».

En un instante, Adye les guiaba escaleras abajo. Encontraron la puerta principal abierta y a los policías de pie fuera mirando al aire vacío. «Se ha escapado, sir», dijo uno.

«Debemos ir a la estación central de inmediato», dijo Adye. «Uno de ustedes baje y consiga un taxi para que venga... rápidamente. Y ahora, Kemp, ¿qué más?».

«Perros», dijo Kemp. «Traigan perros. No lo ven, pero le delatan. Traigan perros».

«Bien», dijo Adye. «No es de conocimiento general, pero los funcionarios de prisiones de Halstead conocen a un hombre con sabuesos. Perros. ¿Qué más?».

«Tenga en cuenta», dijo Kemp, «que su comida se nota. Después de comer, su comida se muestra hasta que es asimilada. Así que tiene que esconderse después de comer. Debe seguir buscando. En cada matorral, en cada rincón tranquilo. Y guarde todas las armas, todos los utensilios que puedan ser utilizados como armas. No puede cargar con esas cosas por mucho tiempo. Y lo que pueda arrebatar y con lo que pueda golpear a los hombres debe ser escondido».

«Eso también está bien», dijo Adye. «¡Lo encontraremos!».

«Y en las carreteras», dijo Kemp, y dudó.

«¿Sí?», dijo Adye.

«Vidrio en polvo», dijo Kemp. «Es cruel, lo sé. Pero piense en lo que puede hacer».

Adye aspiró el aire bruscamente entre los dientes. «Es antideportivo. No lo sé. Pero tendré preparado cristal en polvo. Si se pasa de la raya...».

«El hombre se ha vuelto inhumano, se lo aseguro», dijo Kemp. «Estoy tan seguro de que establecerá un reino de terror —tan pronto como se haya sobrepuesto a las emociones de esta fuga— como de que estoy seguro de estar hablando con usted. Nuestra única oportunidad es adelantarnos. Se ha aislado de los suyos. Que su sangre caiga sobre su propia cabeza».

El Hombre Invisible parece haber salido corriendo de la casa de Kemp en un estado de furia ciega. Un niño pequeño que jugaba cerca de la puerta de Kemp fue violentamente golpeado y arrojado a un lado, de modo que se rompió el tobillo, y a partir de entonces y durante algunas horas el Hombre Invisible se mantuvo fuera de las percepciones humanas. Nadie sabe adónde fue ni qué hizo. Pero uno puede imaginárselo dándose prisa durante la calurosa mañana de junio, subiendo la colina y adentrándose en el descampado detrás de Port Burdock, furioso y desesperado por su intolerable destino, y refugiándose al fin, acalorado y cansado, entre los matorrales de Hintondean, para recomponer sus destrozados planes contra su especie. Ese parece el refugio más probable para él, pues allí ganó confianza de forma sombríamente trágica hacia las dos de la tarde.

Uno se pregunta cuál pudo ser su estado de ánimo durante ese tiempo y qué planes ideó. Sin duda estaba exasperado por la traición de Kemp, y aunque podamos comprender los motivos que le llevaron a ese engaño, podemos imaginarnos e incluso compadecernos un poco de la furia que debió causarle el intento de sorprenderla. Quizá algo del estupor aturdido de sus experiencias en Oxford Street pudo haber vuelto a él, pues evidentemente había contado con la cooperación de Kemp en su brutal sueño de un mundo aterrorizado. En cualquier caso, desapareció del conocimiento humano hacia el mediodía, y ningún testigo vivo puede decir lo que hizo hasta cerca de las dos y media. Fue algo afortunado, tal vez, para la humanidad, pero para él fue una inacción fatal.

Durante ese tiempo, una multitud creciente de hombres dispersos por el campo estuvo ocupada. Por la mañana todavía había sido simplemente una leyenda, un terror; por la tarde, en virtud sobre todo de la proclama de Kemp, redactada con severidad, se le presentó como un antagonista tangible, al que había que herir, capturar o vencer, y el campo empezó a organizarse con una rapidez inconcebible. A las dos de la tarde aún podía haberse alejado del distrito subiéndose a un tren, pero después de las dos eso se hizo imposible. Todos los trenes de pasajeros a lo largo de las líneas en un gran paralelogramo entre Southampton, Manchester, Brighton y Horsham, viajaban con las puertas cerradas, y el tráfico de mercancías estaba suspendido casi por completo. Y en un gran círculo de veinte millas alrededor de Port Burdock, hombres armados con pistolas y cachiporras salían en grupos de tres y cuatro, con perros, para cubrir las carreteras y los campos.

Policías montados recorrían los caminos rurales, parando en cada casa de campo y advirtiendo a la gente que cerrara sus casas y se mantuviera en el interior a menos que estuviera armada, y todas las escuelas elementales habían terminado a las tres, y los niños, asustados y manteniéndose juntos en grupos, se apresuraban a volver a casa. La proclamación de Kemp —firmada de hecho por Adye— se había extendido por casi todo el distrito a las cuatro o las cinco de la tarde. En ella se exponían breve pero claramente todas las condiciones de la lucha, la necesidad de mantener al Hombre Invisible alejado de la comida y del sueño, la necesidad de una vigilancia incesante y de una pronta llamada a cualquier indicio de sus movimientos. Y tan rápida y decidida fue la acción de las autoridades, tan pronta y universal fue la creencia en este extraño ser, que antes del anochecer un área de varios cientos de millas cuadradas estaba en un riguroso estado de sitio. Y antes del anochecer, también, un estremecimiento de horror recorrió toda la nerviosa campiña vigilante. De boca en boca, rápida y segura a lo largo y ancho del país, corrió la historia del asesinato de Mr. Wicksteed.

Si nuestra suposición de que el refugio del Hombre Invisible eran los matorrales de Hintondean, entonces debemos suponer que a primera hora de la tarde salió de nuevo empeñado en algún proyecto que implicaba el uso de un arma. No podemos saber cuál era el proyecto, pero las pruebas de que tenía la barra de hierro en la mano antes de encontrarse con Wicksteed me parecen, al menos, abrumadoras.

Por supuesto, no podemos saber nada de los detalles de ese encuentro. Ocurrió en el borde de una gravera, a menos de doscientas yardas de la puerta de la posada de Lord Burdock. Todo apunta a una lucha desesperada: el suelo pisoteado, las numerosas heridas que recibió Mr. Wicksteed, su bastón astillado; pero por qué se produjo el ataque, salvo en un frenesí asesino, es imposible de imaginar. De hecho, la teoría de la locura es casi inevitable. Mr. Wicksteed era un hombre de cuarenta y cinco o cuarenta y seis años, mayordomo de Lord Burdock, de costumbres y aspecto inofensivos, la última persona en el mundo para provocar a un antagonista tan terrible. Contra él parece que el Hombre Invisible utilizó una barra de hierro arrastrada de un trozo roto de valla. Detuvo a este hombre tranquilo, que se dirigía tranquilamente a casa para tomar su comida del mediodía, le atacó, derribó sus débiles defensas, le rompió el brazo, le derribó y le aplastó la cabeza hasta hacerla gelatina.

Por supuesto, debió de sacar esta vara del cercado antes de encontrarse con su víctima; debía de llevarla preparada en la mano. Sólo dos detalles más allá de lo ya expuesto parecen influir en el asunto. Uno es la circunstancia de que la gravera no estaba en el camino directo de Mr. Wicksteed a su casa, sino a casi doscientos yardas fuera de su camino. La otra es la afirmación de una niña pequeña en el sentido de que, yendo a su escuela vespertina, vio al hombre asesinado «trotando» de una manera peculiar a través de un campo en dirección a la gravera. Su pantomima de la acción sugiere a un hombre persiguiendo algo en el suelo ante él y golpeándolo una y otra vez con su bastón. Ella fue la última persona que le vio con vida. Pasó fuera de su vista hacia su muerte, quedando la lucha oculta para ella sólo por un grupo de hayas y una ligera depresión en el suelo.

Ahora bien, esto, al menos para la mente del presente escritor, eleva el asesinato fuera del reino de lo absolutamente gratuito. Podemos imaginar que Griffin había, de hecho, cogido la vara como un arma pero sin ninguna intención deliberada de utilizarla en el asesinato. Puede que Wicksteed pasara por allí y notara que la vara se movía inexplicablemente por el aire. Sin pensar en el Hombre Invisible —pues Port Burdock está a diez millas de distancia— pudo haberla perseguido. Es bastante concebible que ni siquiera haya oído hablar del Hombre Invisible. Uno puede entonces imaginar al Hombre Invisible alejándose tranquilamente para evitar que se descubra su presencia en la vecindad, y a Wicksteed, excitado y curioso, persiguiendo este objeto inexplicablemente locomotor, golpeándolo finalmente.

Sin duda, el Hombre Invisible podría haber distanciado fácilmente a su perseguidor de mediana edad en circunstancias normales, pero la posición en la que se encontró el cuerpo de Wicksteed sugiere que tuvo la mala suerte de arrinconar a su presa entre un matorral de ortigas y la gravera. Para quienes aprecien la extraordinaria irascibilidad del Hombre Invisible, el resto del encuentro será fácil de imaginar.

Pero esto es pura hipótesis. Los únicos hechos innegables —pues las historias de niños suelen ser poco fiables— son el descubrimiento del cuerpo de Wicksteed, hecho pedazos, y de la vara de hierro manchada de sangre arrojada entre las ortigas. El abandono de la vara por parte de Griffin, sugiere que, en la excitación emocional del asunto, el propósito por el que la cogió —si es que tenía un propósito— fue abandonado. Ciertamente era un hombre intensamente egoísta e insensible, pero la visión de su víctima, su primera víctima, ensangrentada y lastimera a sus pies, puede haber liberado alguna fuente de remordimiento largamente reprimida que durante un tiempo pudo haber ahogado cualquier esquema de acción que hubiera urdido.

Tras el asesinato de Mr. Wicksteed, parece que atravesó el país en dirección a las tierras bajas. Corre una historia de una voz oída hacia el atardecer por un par de hombres en un campo cerca de Fern Bottom. Se lamentaba y reía, sollozaba y gemía, y una y otra vez gritaba. Debía de ser extraño oírlo. Atravesó el centro de un campo de tréboles y se alejó hacia las colinas.

Aquella tarde el Hombre Invisible debió de enterarse en parte del rápido uso que Kemp había hecho de sus confidencias. Debió de encontrar casas cerradas y aseguradas; es posible que merodeara por las estaciones de ferrocarril y por las posadas, y sin duda leyó las proclamas y se dio cuenta en parte de la naturaleza de la campaña contra él. Y a medida que avanzaba la tarde, los campos se fueron salpicando aquí y allá con grupos de tres o cuatro hombres, y se pusieron bulliciosos con los aullidos de los perros. Estos hombres-cazadores tenían instrucciones particulares en caso de encuentro sobre la forma en que debían apoyarse unos a otros. Pero él los evitaba a todos. Podemos entender algo de su exasperación, y no pudo ser menos porque él mismo había suministrado la información que se estaba utilizando tan despiadadamente contra él. Al menos ese día perdió el ánimo; durante casi veinticuatro horas, salvo cuando se volvió contra Wicksteed, fue un hombre perseguido. Por la noche, debió de comer y dormir; porque por la mañana volvía a ser él mismo, activo, poderoso, furioso y maligno, preparado para su última gran lucha contra el mundo.

Kemp leyó una extraña misiva, escrita a lápiz en una hoja de papel grasiento.

«Ha sido usted asombrosamente enérgico e inteligente», decía esta carta, «aunque no puedo imaginar qué gana con ello. Usted está en mi contra. Durante todo un día me ha perseguido; ha intentado robarme el descanso nocturno. Pero he comido a pesar suyo, he dormido a pesar suyo, y el juego no ha hecho más que empezar. El juego no ha hecho más que empezar. No queda más remedio que comenzar el Terror. Esto anuncia el primer día del Terror. Port Burdock ya no está bajo la Reina, dígaselo a su Coronel de Policía, y al resto de ellos; está bajo mi poder: ¡el Terror! Este es el primer día del primer año de la nueva época —la Época del Hombre Invisible—. Yo soy el Hombre Invisible Primero. Para empezar la regla será fácil. El primer día habrá una ejecución a modo de ejemplo: un hombre llamado Kemp. La muerte comienza para él hoy. Que se encierre, que se esconda, que se rodee de guardias, que se ponga una armadura si quiere... la Muerte, la Muerte invisible, se acerca. Que tome precauciones; impresionará a mi pueblo. La Muerte saldrá del buzón a mediodía. La carta caerá dentro cuando llegue el cartero y ¡listo! Comienza el juego. La muerte comienza. No le ayuden, pobladores míos, no sea que la Muerte caiga también sobre ustedes. Hoy Kemp va a morir».

Kemp leyó esta carta dos veces: «No es un engaño», dijo. «¡Es su voz! Y lo dice en serio».

Dio la vuelta a la hoja doblada y vio en la parte de la dirección el matasellos de Hintondean, y el prosaico detalle «2 peniques a pagar».

Él se levantó lentamente, dejando su almuerzo sin terminar —la carta había llegado por el correo de la una— y se dirigió a su estudio. Llamó a su ama de llaves y le dijo que recorriera la casa de inmediato, examinara todos los cerramientos de las ventanas y cerrara todas las contraventanas. Él mismo cerró los postigos de su estudio. De un cajón cerrado de su dormitorio sacó un pequeño revólver, lo examinó cuidadosamente y lo guardó en el bolsillo de su chaqueta de salón. Escribió varias notas breves, una para el Coronel Adye, se las dio a su criada para que se las llevara, con instrucciones explícitas sobre su forma de abandonar la casa. «No hay peligro», dijo, y añadió una reserva mental, «para usted». Permaneció meditabundo durante un espacio después de hacer esto, y luego volvió a su refrescante almuerzo.

Comió con la mente ausente. Finalmente golpeó bruscamente la mesa. «¡Lo atraparemos!», dijo; «y yo soy el cebo. Llegará demasiado lejos».

Subió al mirador, cerrando cuidadosamente todas las puertas tras de sí. «Es un juego», dijo, «un juego extraño... pero las posibilidades son todas para mí, Mr. Griffin, a pesar de su invisibilidad. Griffin *contra mundum...* con una venganza».

Se quedó de pie junto a la ventana mirando la calurosa ladera. «Debe comer todos los días, y no le envidio. ¿De verdad durmió anoche? En algún lugar al aire libre, a salvo de colisiones. Ojalá pudiéramos tener un buen tiempo frío y húmedo en lugar del calor.

«Puede que me esté observando ahora».

Se acercó a la ventana. Algo golpeó con fuerza la mampostería sobre el marco y le hizo retroceder violentamente.

«Me estoy poniendo nervioso», dijo Kemp. Pero pasaron cinco minutos antes de que se acercara de nuevo a la ventana. «Debe de haber sido un gorrión», dijo.

Enseguida oyó sonar el timbre de la puerta principal y se apresuró a bajar las escaleras. Descerrajó y desbloqueó la puerta, examinó la cadena, la subió y abrió cautelosamente sin dejarse ver. Una voz familiar le llamó. Era Adye.

«Su criada ha sido asaltada, Kemp», dijo al otro lado de la puerta.

«¡Qué!», exclamó Kemp.

«Le quitaron esa nota suya. Está cerca de aquí. Déjeme entrar».

Kemp soltó la cadena y Adye entró por una abertura lo más estrecha posible. Se quedó en el vestíbulo, mirando con infinito alivio a Kemp que volvía a cerrar la puerta. «Le arrebataron la nota de la mano. La asustó horriblemente. Está en la comisaría. Está histérica. Está cerca de aquí. ¿De qué se trataba?».

Kemp dijo una maldición.

«Qué tonto fui», dijo Kemp. «Podría haberlo sabido. No está a una hora a pie de Hintondean. ¿Ya?».

«¿Qué pasa?», dijo Adye.

«¡Mire aquí!», dijo Kemp, y abrió paso a su estudio. Le entregó a Adye la carta del Hombre invisible. Adye la leyó y silbó suavemente. «¿Y usted...?», dijo Adye.

«Propuse una trampa como un tonto», dijo Kemp, «y envié mi propuesta a través de una criada. A él».

Adye repitió la blasfemia de Kemp.

«Se irá», dijo Adye.

«Él no», dijo Kemp.

Un sonoro golpe de cristales llegó del piso de arriba. Adye vislumbró un pequeño revólver a medio sacar del bolsillo de Kemp. «¡Es una ventana, arriba!», dijo Kemp, y le guió hacia arriba. Hubo un segundo golpe cuando aún estaban en la escalera. Cuando llegaron al estudio encontraron dos de las tres ventanas destrozadas, media habitación llena de cristales astillados y una gran piedra tirada sobre la mesa de escribir. Los dos hombres se detuvieron en el umbral de la puerta, contemplando los destrozos. Kemp volvió a maldecir y, al hacerlo, la tercera ventana estalló con un chasquido como el de una pistola, quedó suspendida un instante y se desplomó en triángulos dentados y temblorosos en la habitación.

«¿Por qué esto?», dijo Adye.

«Es un comienzo», dijo Kemp.

«¿No hay forma de subir aquí?».

«Ni para un gato», dijo Kemp.

«¿Sin contraventanas?».

«Aquí no. Todas las habitaciones de abajo... ¡Hola!».

Un ruido y luego un golpe de tablas golpeadas con fuerza vinieron de abajo. «¡Maldito sea!», dijo Kemp. «Eso debe ser... sí... es uno de los dormitorios. Va a hacerlo en toda la casa. Pero es un tonto. Las contraventanas están subidas y los cristales caerán fuera. Se cortará los pies».

Otra ventana proclamaba su destrucción. Los dos hombres se quedaron perplejos en el rellano. «¡Lo tengo!», dijo Adye. «Deme un palo o algo y bajaré a la estación para que traigan a los sabuesos. ¡Eso debería tranquilizarlo! No tardarán ni diez minutos...».

Otra ventana siguió el camino de sus compañeras.

«¿No tiene un revólver?», preguntó Adye.

La mano de Kemp fue a su bolsillo. Luego vaciló. «No tengo... al menos de sobra».

«Lo traeré de vuelta», dijo Adye, «aquí estará a salvo».

Kemp, avergonzado por su momentánea falta a la verdad, le entregó el arma.

«Ahora a la puerta», dijo Adye.

Mientras vacilaban en el vestíbulo, oyeron crujir y chocar una de las ventanas del dormitorio del primer piso. Kemp se dirigió a la puerta y empezó a correr los cerrojos lo más silenciosamente posible. Su rostro estaba un poco más pálido que de costumbre. «Debe salir inmediatamente», dijo Kemp. En un instante Adye estaba en el umbral de la puerta y los cerrojos volvían a caer en las grapas. Vaciló un momento, sintiéndose más cómodo con la espalda apoyada en la puerta. Luego bajó los escalones, erguido y recto. Cruzó el césped y se acercó a la puerta. Una pequeña brisa parecía ondear sobre la hierba. Algo se movió cerca de él. «Deténgase un poco», dijo una Voz, y Adye se detuvo en seco y su mano apretó con fuerza el revólver.

«¿Y bien?», dijo Adye, blanco y adusto, y con todos los nervios tensos.

«Acompáñeme de vuelta a la casa», dijo la Voz, tan tensa y sombría como la de Adye.

«Lo siento», dijo Adye un poco ronco, y se humedeció los labios con la lengua. La Voz estaba frente a él, a la izquierda, pensó. Supongamos que probara suerte con un disparo.

«¿Adónde va?», dijo la Voz, y hubo un rápido movimiento de los dos, y un destello de luz solar desde el bolsillo abierto de Adye.

Adye desistió y pensó. «Adónde vaya», dijo lentamente, «es asunto mío». Aún tenía las palabras en los labios, cuando un brazo le rodeó el cuello, sintió un rodillazo en la espalda y cayó de espaldas. Desenfundó torpemente y disparó absurdamente, y en un instante fue golpeado en la boca y el revólver fue arrancado de su puño. Se agarró en vano a un miembro resbaladizo, intentó levantarse con dificultad y cayó de espaldas. «¡Maldita sea!», dijo Adye. La Voz se rió. «Le mataría ahora si no fuera por el desperdicio de una bala», dijo. Vio el revólver en el aire, a seis pies, apuntándole.

«¿Y bien?», dijo Adye, incorporándose.

«Levántese», dijo la Voz.

Adye se levantó.

«Atención», dijo la Voz, y luego con fiereza: «No intente ningún juego. Recuerde que puedo ver su cara si bien usted no puede ver la mía. Tiene que volver a la casa».

«No me dejará entrar», dijo Adye.

«Es una lástima», dijo el Hombre Invisible. «No tengo nada contra usted».

Adye volvió a humedecerse los labios. Apartó la mirada del cañón del revólver y vio a lo lejos el mar muy azul y oscuro bajo el sol del mediodía, el suave plumón verde, el blanco acantilado de Head y la multitudinaria ciudad, y de pronto supo que la vida era muy dulce. Sus ojos volvieron a esa pequeña cosa de metal que colgaba entre el cielo y la tierra, a seis yardas de distancia. «¿Qué debo hacer?», se dijo hoscamente.

«¿Qué debo hacer?», preguntó el Hombre Invisible. «Recibirá ayuda. Lo único que necesito es que vuelva».

«Lo intentaré. Si me deja entrar, ¿promete no empujar la puerta?».

«No tengo nada contra usted», dijo la Voz.

Kemp se había dado prisa a subir después de dejar salir a Adye, y ahora, agazapado entre los cristales rotos y espiando cautelosamente por encima del borde del alféizar de la ventana del estudio, vio a Adye de pie discutiendo con el Invisible. «¿Por qué no dispara?», susurró Kemp para sí. Entonces el revólver se movió un poco y el destello de la luz del sol brilló en los ojos de Kemp. Se cubrió los ojos y trató de ver la fuente del rayo cegador.

«¡Seguro!», dijo, «Adye ha entregado el revólver».

«Promete no empujar la puerta», decía Adye. «No presione demasiado; es una partida ganada. Dele una oportunidad a un hombre».

«Vuelva a la casa. Le digo rotundamente que no le prometo nada».

La decisión de Adye pareció tomada de repente. Se volvió hacia la casa, caminando lentamente con las manos a la espalda. Kemp le observaba perplejo. El revólver se desvaneció, volvió a aparecer a la vista, desapareció de nuevo y se hizo evidente al prestar más atención como un pequeño objeto oscuro que seguía a Adye. Entonces las cosas sucedieron muy deprisa. Adye saltó hacia atrás, giró sobre sí mismo, se agarró a ese pequeño objeto, falló, levantó las manos y cayó de bruces, dejando una pequeña nube azul en el aire. Kemp no oyó el sonido del disparo. Adye se retorció, se levantó sobre un brazo, cayó hacia delante y se quedó inmóvil.

Durante un tiempo, Kemp se quedó mirando el descuido y la tranquilidad en la actitud de Adye. La tarde era muy calurosa y tranquila, nada parecía moverse en el mundo salvo un par de mariposas amarillas que se perseguían entre los arbustos que había entre la casa y la verja de la carretera. Adye estaba tumbado en el césped cerca de la verja. Las persianas de todas las villas que bajaban por la carretera de la colina estaban bajas, pero en una casita de verano verde había una figura blanca, aparentemente un anciano dormido. Kemp escrutó los alrededores de la casa en busca de un atisbo del revólver, pero había desaparecido. Sus ojos volvieron a Adye. La partida se abría bien.

A continuación, se oyó un repiqueteo y unos golpes en la puerta principal, que al final se volvieron tumultuosos, pero, siguiendo las instrucciones de Kemp, los criados se habían encerrado en sus habitaciones. A esto siguió un silencio. Kemp se sentó a escuchar y luego empezó a asomarse cautelosamente por las tres ventanas, una tras otra. Se dirigió a la cabecera de la escalera y se quedó escuchando inquieto. Se armó con el atizador de su dormitorio y fue a examinar de nuevo los cierres interiores de las ventanas de la planta baja. Todo estaba seguro y tranquilo. Regresó al mirador. Adye yacía inmóvil sobre el borde de la grava tal como había caído. Por el camino junto a las villas venían la criada y dos policías.

Todo estaba mortalmente quieto. Las tres personas parecían acercarse muy despacio. Se preguntó qué estaría haciendo su antagonista.

Se sobresaltó. Se oyó un golpe desde abajo. Dudó y volvió a bajar. De repente, la casa resonó con fuertes golpes y el astillamiento de la madera. Oyó un golpe seco y el tintineo destructor de los cierres de hierro de las contraventanas. Giró la llave y abrió la puerta de la cocina. Al hacerlo, los postigos, partidos y astillados, salieron volando hacia el interior. Se quedó atónito. El marco de la ventana, salvo un travesaño, seguía intacto, pero sólo quedaban pequeños dientes de cristal en el marco. Las contraventanas habían sido destruidas con un hacha, y ahora el hacha descendía en golpes aterradores sobre el marco de la ventana y los barrotes de hierro que la defendían. Entonces, de repente, el hacha saltó a un lado y desapareció. Vio el revólver tirado en el camino de fuera, y entonces la pequeña arma saltó por los aires. Él se retiró. El revólver chasqueó demasiado tarde, y una astilla del borde de la puerta que se cerraba pasó por encima de su cabeza. Cerró la puerta de golpe y con llave, y mientras permanecía fuera oyó a Griffin gritar y reír. Entonces se reanudaron los golpes del hacha y sus consecuencias, rompiendo y aplastando.

Kemp se quedó de pie en el pasillo intentando pensar. En un momento el Hombre Invisible estaría en la cocina. Esta puerta no le retendría ni un momento, y entonces...

Volvió a sonar un timbre en la puerta principal. Debían ser los policías. Corrió al vestíbulo, subió la cadena y sacó el cerrojo. Hizo hablar a la muchacha antes de soltar la cadena, y las tres personas entraron en la casa en tropel, y Kemp volvió a cerrar la puerta de golpe.

«¡El Hombre Invisible!», dijo Kemp. «Tiene un revólver, le quedan dos disparos. Ha matado a Adye. Le disparó, en todo caso. ¿No lo vieron en el césped? Está tirado allí».

«¿Quién?», dijo uno de los policías.

«Adye», dijo Kemp.

«Entramos por detrás», dijo la muchacha.

«¿Qué es ese estruendo?», preguntó uno de los policías.

«Está en la cocina... o estará. Ha encontrado un hacha...».

De repente, la casa se llenó de los sonoros golpes del Hombre Invisible en la puerta de la cocina. La muchacha miró hacia la cocina, se estremeció y se retiró al comedor. Kemp intentó explicárselo con frases entrecortadas. Oyeron la puerta de la cocina cediendo.

«Por aquí», dijo Kemp, poniéndose en marcha, y metió a los policías en el pasillo del comedor.

«El atizador», dijo Kemp, y corrió hacia la chimenea. Entregó el atizador que llevaba al policía y el del comedor al otro. De repente se lanzó hacia atrás.

«¡Oh!», dijo un policía, se agachó y atrapó el hacha con su atizador. La pistola hizo su penúltimo disparo y desgarró un valioso Sidney Cooper. El segundo policía derribó su atizador sobre la pequeña arma, como se derribaría a una avispa, y la envió traqueteando al suelo.

Al primer estruendo, la muchacha gritó; se quedó un momento gritando junto a la chimenea y luego corrió a abrir las contraventanas, posiblemente con la idea de escapar por la ventana destrozada.

El hacha retrocedió en el pasadizo y cayó a unos dos pies del suelo. Podían oír la respiración del Hombre Invisible. «Apártense, ustedes dos», dijo. «Quiero a ese hombre, Kemp».

«Nosotros le queremos a usted», dijo el primer policía, dando un paso rápido hacia delante y limpiando el aire con su atizador hacia la Voz. El Hombre Invisible debió de retroceder y chocó contra el paragüero.

Entonces, mientras el policía se tambaleaba con el golpe que le había propinado, el Hombre Invisible contraatacó con el hacha, el casco se arrugó como si fuera de papel y el golpe envió al hombre dando vueltas al suelo en la cabecera de la escalera de la cocina. Pero el segundo policía, apuntando detrás del hacha con su atizador, golpeó algo blando que se partió. Se oyó una aguda exclamación de dolor y luego el hacha cayó al suelo. El policía volvió a apuntar al hueco y no golpeó nada; puso el pie sobre el hacha y volvió a golpear. Luego se quedó de pie, con el atizador en la mano, atento al menor movimiento.

Oyó abrirse la ventana del comedor y un rápido correteo de pies en el interior. Su compañero se dio la vuelta y se incorporó, con la sangre corriéndole entre el ojo y la oreja. «¿Dónde está?», preguntó el hombre en el suelo.

«No lo sé. Le he golpeado. Está de pie en algún lugar del pasillo. A menos que se haya escapado. Doctor Kemp... sir.»

Pausa.

«Doctor Kemp», gritó de nuevo el policía.

El segundo policía empezó a levantarse con dificultad. Se puso de pie. De repente se oyó el leve taconeo de unos pies descalzos en las escaleras de la cocina. «¡Sí!», gritó el primer policía, y lanzó su atizador con toda su fuerza. Destrozó un pequeño soporte de gas.

Hizo ademán de perseguir al Hombre Invisible escaleras abajo. Luego lo pensó mejor y entró en el comedor.

«Doctor Kemp...», comenzó a decir, y se detuvo en seco.

«El Doctor Kemp es un héroe», dijo, mientras su acompañante le miraba por encima del hombro.

La ventana del comedor estaba abierta de par en par y no se veía ni a la criada ni a Kemp.

La opinión del segundo policía sobre Kemp fue escueta y vívida.

Mr. Heelas, el vecino más cercano de Mr. Kemp entre los propietarios de la villa, dormía en su casa de verano cuando comenzó el asedio a la casa de Kemp. Mr. Heelas formaba parte de la robusta minoría que se negaba a creer «en todas esas tonterías» sobre un Hombre Invisible. Su esposa, sin embargo, como se le recordaría posteriormente, sí lo hacía. Él insistió en pasear por su jardín como si nada, y se fue a dormir por la tarde según la costumbre de años. Durmió durante el destrozo de las ventanas, y luego se despertó de repente con una curiosa persuasión de que algo iba mal. Miró hacia la casa de Kemp, se frotó los ojos y volvió a mirar. Luego apoyó los pies en el suelo y se sentó a escuchar. Se dijo que estaba condenado... pero aún así se veía algo extraño. La casa parecía como si hubiera estado desierta durante semanas, tras un violento motín. Todas las ventanas estaban rotas, y todas, salvo las del estudio del mirador, estaban obstruidas por los postigos interiores.

«Hubiera jurado que todo estaba bien», miró su reloj, «hace veinte minutos».

Fue consciente de una conmoción mesurada y del sonido de cristales rotos, a lo lejos en la distancia. Y entonces, mientras permanecía con la boca abierta, se produjo algo aún más maravilloso. Los postigos de la ventana del salón se abrieron violentamente, y la criada, con su sombrero y su ropa de salir, apareció luchando de forma frenética por levantar la hoja. De pronto apareció un hombre a su lado, ayudándola: ¡el Dr. Kemp! En un instante la ventana estaba abierta y la criada salía con dificultad; se lanzó hacia delante y desapareció entre los arbustos. Mr. Heelas se levantó, exclamando vaga y vehementemente ante todas estas cosas maravillosas. Vio a Kemp pararse en el alféizar, saltar de la ventana y reaparecer casi instantáneamente corriendo por un sendero entre los arbustos y encorvándose mientras corría, como un hombre que elude la observación. Desapareció detrás de un laburno y volvió a aparecer trepando por una valla que lindaba con el descampado. En un segundo había dado una voltereta y corría a un ritmo acelerado ladera abajo hacia Mr. Heelas.

«¡Señor!», gritó Mr. Heelas, dándose cuenta; «¡es ese bruto del Hombre Invisible! ¡Es así, después de todo!».

Para Mr. Heelas pensar cosas así era actuar, y su cocinera, que le observaba desde la ventana superior, se asombró al verle acercarse a toda velocidad hacia la casa a unas buenas nueve millas por hora. Hubo un portazo, un repique de campanas y la voz de Mr. Heelas bramando como un toro. «¡Cierren las puertas, cierren las ventanas, ciérrenlo todo! ¡Viene el Hombre Invisible!». Al instante la casa se llenó de gritos e indicaciones, y de pies correteando. Corrió él mismo a cerrar las ventanas francesas que daban a la veranda; mientras lo hacía, la cabeza, los hombros y la rodilla de Kemp aparecieron por el borde de la valla del jardín. En un instante, Kemp había atravesado los espárragos y corría por el césped de la cancha de tenis hacia la casa.

«No puede entrar», dijo Mr. Heelas, cerrando los cerrojos. «¡Lo siento mucho si le persigue, pero no puede entrar!».

Kemp apareció con cara de terror cerca del cristal, golpeando y luego sacudiendo frenéticamente la ventana francesa. Luego, viendo que sus esfuerzos eran inútiles, corrió a lo largo de la veranda, saltó el extremo y fue a golpear la puerta lateral. Luego corrió por la puerta lateral hasta la parte delantera de la casa, y así hasta la carretera de la colina. Y Mr. Heelas, que miraba desde su ventana con cara de horror, apenas había presenciado la desaparición de Kemp, cuando los espárragos estaban siendo pisoteados de un lado a otro por pies invisibles. En ese momento Mr. Heelas huye a toda prisa escaleras arriba, y el resto de la persecución queda fuera de su alcance. Pero al pasar por la ventana de la escalera, oyó el portazo lateral.

Al salir a la carretera de la colina, Kemp tomó naturalmente la dirección descendente, y así fue como llegó a correr en su propia persona la misma carrera que había observado con ojo tan crítico desde el estudio del mirador hacía sólo cuatro días. La corrió bien, para ser un hombre sin entrenamiento, y aunque su rostro estaba blanco y húmedo, su ingenio fue frío hasta el final. Corría con amplias zancadas, y dondequiera que se interpusiera un trozo de terreno áspero, dondequiera que hubiera una mancha de pedernal en bruto, o un trozo de cristal roto brillara deslumbrante, él lo cruzaba y dejaba que los pies desnudos e invisibles que le seguían tomaran la línea que quisieran.

Por primera vez en su vida, Kemp descubrió que la carretera de la colina era indescriptiblemente vasta y desolada, y que los comienzos de la ciudad, muy por debajo, al pie de la colina, eran extrañamente remotos. Nunca había existido un método de progresión más lento y doloroso que correr. Todas las demacradas villas, dormidas bajo el sol de la tarde, parecían cerradas y enrejadas; sin duda estaban cerradas y enrejadas por orden suya. Pero, en cualquier caso, ¡podrían haber vigilado para una eventualidad como ésta! La ciudad se levantaba ahora, el mar se había perdido de vista tras ella, y la gente de abajo se agitaba. Un tranvía llegaba al pie de la colina. Más allá estaba la comisaría de policía. ¿Eran pasos lo que oía detrás de él? Acelera.

La gente de abajo le miraba fijamente, una o dos personas corrían, y su aliento empezaba a cortarse en la garganta. El tranvía estaba ya bastante cerca y «Los jugadores de Cricket» cerraba ruidosamente sus puertas. Más allá del tranvía había postes y montones de grava: las obras de drenaje. Tuvo la idea transitoria de saltar al tranvía y cerrar de un portazo las puertas, y luego resolvió dirigirse a la comisaría. En un instante había pasado la puerta de «Los jugadores de Cricket» y se encontraba en el abrasador extremo de la calle, con seres humanos a su alrededor. El conductor del tranvía y su ayudante —paralizados al ver su furiosa prisa— se quedaron mirando con los caballos del tranvía desenganchados. Más allá, los rasgos atónitos de los peones aparecían por encima de los montículos de grava.

Su paso se quebró un poco, y luego oyó el veloz pisar de su perseguidor, y saltó de nuevo hacia delante. «¡El Hombre Invisible!», gritó a los peones, con un vago gesto indicativo, y por una inspiración saltó la excavación y colocó un corpulento grupo entre él y la persecución. Luego, abandonando la idea de la comisaría, giró por una callejuela lateral, se lanzó junto al carro de un verdulero, vaciló durante una décima de segundo en la puerta de una tienda de golosinas y luego se dirigió a la boca de un callejón que volvía a desembocar en la calle principal de Hill Street. Dos o tres niños pequeños jugaban aquí, y chillaron y se dispersaron ante su aparición, e inmediatamente se abrieron puertas y ventanas y madres excitadas expresaron sus sentimientos. Salió disparado hacia Hill Street de nuevo, a trescientas yardas del final de la línea del tranvía, e inmediatamente se percató de un tumultuoso vociferar y de gente corriendo.

Miró calle arriba, hacia la colina. A apenas una docena de yardas corría un enorme peón, maldiciendo a gritos y golpeando con saña con una pala, y detrás de él venía el revisor del tranvía con los puños cerrados. Calle arriba otros seguían a estos dos, golpeando y gritando. Abajo, hacia el pueblo, corrían hombres y mujeres, y él se fijó en un hombre que salía de la puerta de una tienda con un palo en la mano. «¡Dispérsense! ¡Dispérsense!», gritó alguien. Kemp comprendió de repente la alterada condición de la persecución. Se detuvo y miró a su alrededor, jadeante. «¡Está cerca!», gritó. «Formen una línea a través...».

Recibió un fuerte golpe bajo la oreja, y se tambaleó, intentando girar sobre sí mismo hacia su invisible antagonista. Apenas consiguió mantenerse en pie, y dio un vano contragolpe en el aire. Entonces fue golpeado de nuevo bajo la mandíbula, y se desplomó de cabeza en el suelo. En un instante una rodilla le comprimió el diafragma, y un par de manos ávidas le agarraron la garganta, pero el agarre de una era más débil que el de la otra; se agarró a las muñecas, oyó un grito de dolor de su agresor, y entonces la pala del peón vino girando por el aire por encima de él, y golpeó algo con un ruido sordo. Sintió una gota de humedad en la cara. El agarre de su garganta se relajó de repente y, con un esfuerzo convulsivo, Kemp se soltó, se agarró a un hombro inerte y rodó hacia arriba. Agarró los codos invisibles cerca del suelo. «¡Lo tengo!», gritó Kemp. «¡Ayuda! ¡Ayuda! ¡Está en el suelo! ¡Sujétenle los pies!».

Un segundo después se produjo una acometida simultánea en la lucha, y un extraño que llegara de repente a la carretera podría haber pensado que se estaba disputando un partido de rugby excepcionalmente salvaje. Y no hubo gritos tras el grito de Kemp, sólo un ruido de golpes y pies y respiraciones pesadas.

Entonces, tras un poderoso esfuerzo, el Hombre Invisible se deshizo de un par de sus antagonistas y se puso de rodillas. Kemp se aferró a él por delante como un sabueso a un ciervo, y una docena de manos agarraron, aferraron y desgarraron al Invisible. De repente, el conductor del tranvía le agarró por el cuello y los hombros y le arrastró hacia atrás.

El montón de hombres que luchaban volvió a caer y rodó. Hubo, me temo, algunas patadas salvajes. Luego, de repente, un grito salvaje de «¡Piedad! ¡Piedad!», que se apagó rápidamente en un sonido como de ahogo.

«¡Atrás, tontos!», gritó la voz apagada de Kemp, y hubo un vigoroso empujón hacia atrás de las formas robustas. «Está herido, les digo. ¡Atrás!».

Hubo un breve forcejeo para despejar un espacio, y entonces el círculo de caras ansiosas vio al doctor arrodillado, según parecía, a quince pulgadas en el aire, y sujetando unos brazos invisibles contra el suelo. Detrás de él, un alguacil agarraba unos tobillos invisibles.

«No lo suelte», gritó el marinero grandote, sosteniendo una pala manchada de sangre; «está fingiendo».

«No está fingiendo», dijo el médico, levantando cautelosamente la rodilla; «y yo le sujetaré». Él tenía la cara magullada y ya enrojecida; hablaba con dificultad a causa de un labio sangrante. Soltó una mano y pareció palparse la cara. «La boca está toda húmeda», dijo. Y luego: «¡Dios mío!».

Se levantó bruscamente y luego se arrodilló en el suelo junto a lo que no se veía. Se oyeron empujones y arrastres, un ruido de pies pesados a medida que aparecía gente nueva para aumentar la presión de la multitud. La gente salía ahora de las casas. Las puertas de «Los jugadores de Cricket» se abrieron de repente de par en par. Se habló muy poco.

Kemp palpó a su alrededor, su mano parecía atravesar el aire vacío. «No respira», dijo, y luego: «No siento su corazón. Su costado... ¡oh!».

De repente, una anciana, que se asomaba por debajo del brazo del gran peón, gritó bruscamente. «¡Miren ahí!», dijo, y sacó un dedo arrugado.

Y mirando hacia donde ella señalaba, todos vieron, tenue y transparente como si fuera de cristal, de modo que podían distinguirse las venas y las arterias y los huesos y los nervios, el contorno de una mano, una mano flácida y tendida. Se fue nublando y opacando a medida que miraban.

«¡Hola!», gritó el alguacil. «¡Aquí se le ven los pies!».

Y así, lentamente, empezando por sus manos y pies y arrastrándose a lo largo de sus miembros hasta los centros vitales de su cuerpo, continuó aquel extraño cambio. Era como la lenta propagación de un veneno. Primero aparecieron los pequeños nervios blancos, un borroso esbozo gris de un miembro, luego los huesos vidriosos y las intrincadas arterias, después la carne y la piel, primero una tenue niebla, y luego volviéndose rápidamente densas y opacas. Enseguida pudieron ver su pecho aplastado y sus hombros, y el tenue contorno de sus rasgos dibujados y maltrechos.

Cuando por fin la multitud se abrió paso para que Kemp pudiera erguirse, allí yacía, desnudo y lastimero en el suelo, el cuerpo magullado y roto de un joven de unos treinta años. Tenía el pelo y la frente blancos —no grises por la edad, sino blancos por el albinismo— y los ojos como granates. Tenía las manos apretadas, los ojos muy abiertos y una expresión de ira y consternación.

«¡Cúbranle la cara!», dijo un hombre. «¡Por el amor de Dios, cúbranle la cara!», y tres niños pequeños, que avanzaban a empujones entre la multitud, fueron de repente girados en redondo y expulsados de nuevo.

Alguien trajo una sábana de «Los jugadores de Cricket» y, tras cubrirlo, lo llevaron allí. Y allí fue, en una cama raída de un dormitorio chabacano y mal iluminado, rodeado de una multitud de gente ignorante y excitada, destrozado y herido, traicionado y sin piedad, donde Griffin, el primero de todos los hombres en hacerse invisible, Griffin, el físico más dotado que el mundo haya visto jamás, terminó en un desastre infinito su extraña y terrible carrera.

EL EPÍLOGO

Así termina la historia de los extraños y malvados experimentos del Hombre Invisible. Y si el lector quiere saber más de él debe ir a una pequeña posada cerca de Port Stowe y hablar con el propietario. El letrero de la posada es una tabla vacía, salvo por un sombrero y unas botas, y el nombre es el título de esta historia. El casero es un hombrecillo bajo y corpulento, con una nariz de proporciones cilíndricas, pelo enjuto y un esporádico sonrosado semblante. Beba con generosidad y le contará con generosidad todas las cosas que le sucedieron después de aquella época y cómo los abogados intentaron sacarle el tesoro que le habían encontrado.

«Cuando descubrieron que no podían demostrar de quién era el dinero, ¡bendito sea», dice, «si no intentaron convertirme en un floreciente tesoro escondido! ¿Parezco un tesoro escondido? Y entonces un caballero me dio una guinea por noche para contar la historia en el Empire Music Hall... sólo para contarla con mis propias palabras... salvo una».

Y si quiere cortar bruscamente el flujo de sus reminiscencias, siempre puede hacerlo preguntándole si no había tres libros manuscritos en la historia. Él admite que los había y procede a explicarlos, con aseveraciones de que ¡todo el mundo cree que él los tiene! Pero ¡bendito sea! no los tiene. «El Hombre Invisible fue quien se los llevó para esconderlos cuando dejé todo y huí hacia Port Stowe. Es que Mr. Kemp le puso a la gente la idea de que yo los tenía».

Y entonces se queda pensativo, le observa a usted furtivamente, trajina nervioso con los vasos y, al poco, abandona el bar.

Es un hombre soltero —sus gustos siempre fueron de soltero— y no hay mujeres en casa. Exteriormente se abrocha los botones —es lo que se espera de él—, pero en sus intimidades más vitales, en el asunto de los tirantes, por ejemplo, sigue recurriendo al cordel. Dirige su casa sin emprendimiento, pero con eminente decoro. Sus movimientos son lentos, y es un gran pensador. Pero tiene fama de sabio y de una respetable parsimonia en el pueblo, y su conocimiento de los caminos del sur de Inglaterra vencería a Cobbett.

Y los domingos por la mañana, todos los domingos por la mañana, durante todo el año, mientras está cerrado al mundo exterior, y todas las noches después de las diez, entra en el salón de su bar, con un vaso de ginebra tenuemente teñido de agua, y tras depositarlo, cierra la puerta y examina las persianas, e incluso mira debajo de la mesa. Y luego, satisfecho de su soledad, abre el armario y una caja del armario y un cajón de esa caja, y saca tres volúmenes encuadernados en cuero marrón, y los coloca solemnemente en el centro de la mesa. Las cubiertas están desgastadas por la intemperie y teñidas de un verde alga, pues en otro tiempo estuvieron en una zanja y algunas de las páginas han sido lavadas, hasta quedar en blanco por el agua sucia. El casero se sienta en un sillón, llena lentamente una larga pipa de arcilla... mientras tanto, echa un vistazo a los libros. Luego acerca uno hacia sí, lo abre y comienza a estudiarlo, pasando las hojas hacia delante y hacia atrás.

Sus cejas están fruncidas y sus labios se mueven dolorosamente. «Equis, un dos pequeño en el aire, una cruz y algo como un violín. ¡Señor, lo que era para el intelecto!».

Luego se relaja y se echa hacia atrás, y parpadea a través de su humo por la habitación a cosas invisibles para otros ojos. «Lleno de secretos», dice. «¡Secretos maravillosos!».

«Una vez que consiga el botín que está en ellos... ¡Señor!».

«Yo no haría lo que él hizo; yo sólo... ¡Bueno!». Tira de su pipa.

Entonces cae en un ensueño, el eterno ensueño maravilloso de su vida. Y aunque Kemp ha buscado sin cesar, ningún ser humano, salvo el propietario, sabe que esos libros están ahí, con el sutil secreto de la invisibilidad y otra docena de extraños secretos escritos en ellos. Y nadie más sabrá de ellos hasta que él muera.

CLÁSICOS EN ESPAÑOL

Esperamos que haya disfrutado esta lectura. ¿Quiere leer otra obra de nuestra colección de *Clásicos en español*?

En nuestro Club del Libro encontrarás artículos relacionados con los libros que publicamos y la literatura en general. ¡Suscríbete en nuestra página web y te ofrecemos un ebook gratis por mes!

Recibe tu copia totalmente gratuita de nuestro *Club del libro* en rosettaedu.com/pages/club-del-libro

Rosetta Edu

CLÁSICOS EN ESPAÑOL

Una habitación propia se estableció desde su publicación como uno de los libros fundamentales del feminismo. Basado en dos conferencias pronunciadas por Virginia Woolf en colleges para mujeres y ampliado luego por la autora, el texto es un testamento visionario, donde tópicos característicos del feminismo por casi un siglo son expuestos con claridad tal vez por primera vez.

Oscar Wilde escribe una sola novela, *El retrato de Dorian Gray*; ésta fue el objeto de una crítica moralizante mordaz por parte de sus contemporáneos que no pudieron ver que dentro de una trama perfectamente compuesta se escondía toda la tragedia del romanticismo. Cien años después no ha perdido su impacto original y sigue siendo un texto fundamental para los debates sobre la estética y la moral.

Otra vuelta de tuerca es una de las novelas de terror más difundidas en la literatura universal y cuenta una historia absorbente, siguiendo a una institutriz a cargo de dos niños en una gran mansión en la campiña inglesa que parece estar embrujada. Los detalles de la descripción y la narración en primera persona van conformando un mundo que puede inspirar genuino terror.

rosettaedu.com

Rosetta Edu

EDICIONES BILINGÜES

En una atmósfera constante de misterio y amenaza, *El corazón de las tinieblas* narra el peligroso viaje de Marlow por un río (sin duda el Congo aunque no es nombrado en el relato) africano. Lo que el marino puede observar en su viaje le horroriza, le deja perplejo, y pone en tela de juicio las bases mismas de la civilización y la naturaleza humana.

Durante décadas, y acercándose a su centenario, *El gran Gatsby* ha sido considerada una obra maestra de la literatura y candidata al título de «Gran novela americana» por su dominio al mostrar la pura identidad americana junto a un estilo distinto y maduro. La edición bilingüe permite apreciar los detalles del texto original y constituye un paso obligado para aprender el inglés en profundidad.

En *La señora Dalloway* Virginia Woolf relata un día en la vida de Clarissa Dalloway, una señora de la clase alta casada con un miembro del parlamento inglés, y de un ex-combatiente que lucha contra su enfermedad mental. La innovación de la novela es la corriente de consciencia: Woolf sigue el pensamiento de cada personaje, siendo excelente a la hora de narrar emociones, asociaciones y sentimientos.

rosettaedu.com